Du même auteur chez le même éditeur :

Mad about the boy, 2003

Chez d'autres éditeurs :

Les cintres, Éditions de Minuit, 1993
Dix-sept fragments de désir, Fata Morgana, 1999
Agar-agar, Stock, 1999
Jeanne, Jeanne, Jeanne, Stock, 2000
Fanfare, Stock, 2002

Mon amour

COLLECTION DIRIGÉE PAR JOËLLE LOSFELD

L'auteur a bénéficié, pour la rédaction de cet ouvrage, du soutien du Centre National du Livre.

ISBN : 2-07-078954-3

Emmanuel Adely

Mon amour

Roman

ÉDITIONS JOËLLE LOSFELD

Personne t'autorise à dire ça, t'entends, personne, et puis c'est fini le temps que je parlais plus, c'est terminé, t'y comptes plus, c'est moi le chef de famille il dit et Roberta elle hausse les épaules, et t'amuse pas à hausser les épaules il dit en levant la voix mais la voix tremble un peu, t'es qui toi, tu te prends pour qui il dit, j'ai toujours fait mon boulot moi, j'ai toujours rapporté l'argent hein c'est moi que j'ai toujours rapporté l'argent tu peux pas dire le contraire et Roberta elle souffle, elle fait pfff entre les lèvres mais pas trop fort, presque en se retournant pour qu'il la voie pas, mais il entend, il dit tu souffles, il demande tu souffles, sa voix est plus aiguë, il répète tu souffles et encore une fois comme une question mais il sait plus quoi dire et ça reste en suspens, c'est comme si ça s'éteignait doucement, et ça prend du temps alors elle en profite, d'abord elle essaie, elle dit j'ai juste dit que je voulais me relaxer c'est pas un crime, je veux me relaxer, voilà, elle dit mais la voix elle est pas très assurée et même un peu surprise alors elle s'arrête, mais il répond pas, lui, il regarde devant lui et elle elle le regarde, elle vérifie qu'il va pas parler alors elle répète c'est pas une vie, c'est tout ce que j'ai dit, hein, c'est tout, elle empile les assiettes et elle se lève, lui il regarde toujours dans le vide mais quand elle prend la bouteille de vin il dit laisse ça, fort, elle est debout, elle hésite, elle dit le docteur t'a bien dit que c'était pas bon avec les médicaments tu veux te tuer ou quoi ça t'a pas suffi la dépression, quand même elle repose la bouteille, elle s'assoit, elle croise les bras sur la table, on s'inquiète, elle dit, parce qu'on t'aime tu comprends, c'est normal et lui il regarde toujours devant lui, elle elle regarde ses ongles à elle, le vernis est pas bien mis alors elle gratte son cou, elle dit maintenant que tu vas mieux c'est pas le moment d'aller plus mal on a eu peur tu comprends, t'as été très malade, alors c'est tout ce que j'ai dit que c'est pas une vie, ça, que c'était pas une vie tu comprends, moi aussi je suis fatiguée j'ai le droit à la fatigue hein, qui c'est qui a tenu la maison tout le temps que tu parlais pas voilà ce que j'ai dit, j'ai pas dit autre chose, maintenant moi aussi j'ai le droit à la fatigue.

Il passe la main dans ses cheveux. Elle se lève.

Tout le temps que tu restais assis, là, sur ta chaise, hein Daniel tu m'écoutes, c'est pas toi qui faisais les courses et qui rangeais la maison et qui appelais le docteur et qui faisais à manger hein, je te reproche pas, mais c'est pas toi elle dit hein, je constate, tu vas pas dire le contraire parce que c'est quoi cette vie qu'on a depuis le début c'est les difficultés depuis le début jamais on sortira des difficultés et maintenant que ton travail on sait pas si ça va durer on va tenir comment hein on va tenir comment, comment qu'on va payer les courses t'as une idée non t'en as pas et maintenant moi je suis fatiguée c'est tout ce que j'ai dit, moi aussi j'ai le droit à la fatigue et à rester assise sur ma chaise sans bouger c'est facile ça je peux le faire aussi et on attend quoi comme ça tous les deux hein, assis sur des chaises.

Elle rebouche la bouteille. Il met la tête dans ses mains.

Le travail ça va pas durer si t'es malade tout le temps et le chômage on sait ce que c'est maintenant ça dure pas ils le disent à la télévision et après c'est le RMI moi je veux pas ça je pourrais pas c'est trop la honte quand on a travaillé toute sa vie et honnêtement t'as travaillé toute ta vie alors finir par demander la charité moi je veux pas, je pourrais pas, j'aurais trop honte, c'est comme si on était pas capable d'être comme les autres comme si on était handicapé devant tout le monde avec les bras en moins ou dans une chaise pour handicapé et après il reste quoi hein tu le sais ce qui reste, il reste les restos du cœur c'est là qu'on va aller c'est ça que tu veux. Ta gueule, il siffle, mais il dit bas, entre ses mains, ta gueule.

Parce que moi j'en peux plus c'est tout ce que je dis, j'ai tenu tout le temps que t'étais malade et assis là sur ta chaise mais maintenant que le docteur il dit que tu vas mieux c'est à moi d'être fatiguée j'en peux plus de pas pouvoir être fatiguée c'est à toi de recommencer et d'aller travailler maintenant tu vas bien et moi je vais pas bien, j'ai le droit de pas aller bien ça fait même depuis avant ta maladie que je vais pas bien moi aussi j'ai envie qu'on me sorte de la merde ici ça pue ça fait rien que puer, ta gueule, il dit plus fort, elle dit t'avoir là toute la journée dans les pattes c'est pas normal pour une femme et c'est pas normal pour un homme on finirait par se taper dessus parce que ça rend fou ça c'est sûr au moins va au café boire des verres ou lire le journal ou voir des copains, ou va à l'hôpital si t'es encore malade c'est fait pour ça même pour les maladies qui se voyent pas même si le docteur il dit que tu vas bien mais si tu vas bien retourne au travail essaie de faire comme tout le monde, merde. J'ai cinquante ans il dit, sans lever la tête.

Ah ça, j'attendais elle dit en prenant Monique à témoin, tu l'entends hein Monique j'étais sûre mais d'abord t'as pas cinquante ans t'as quarante-huit c'est pas pareil à l'ANPE ils le disent que c'est pas pareil même c'est important ça fait pas vieux comme cinquante ans ils le disent à la télé aussi partout et puis ils vont pas te mettre à la porte parce que t'as quarante-huit ans faut que tu y retournes c'est tout, maintenant c'est fini d'être malade il l'a dit le docteur c'est pas comme si t'étais handicapé devant tout le monde avec les bras en moins t'as juste eu une dépression qui se voit pas et t'as un métier dans les mains c'est pas comme si t'avais jamais travaillé ou que t'étais un feignant d'ailleurs personne dit que t'es un feignant hein Monique qu'on le dit pas mais Monique elle regarde le dessous de plat en fer forgé, elle le fixe sans bouger, le dessous de plat.

Qu'est-ce que t'en sais, il dit, la tête toujours dans les mains, il dit c'est fini pour moi et il se lève au bout de la table il se met debout au bout de la table, y a plus de travail pour ceux qui travaillent c'est comme ça alors arrête maintenant et il regarde dans le vide et il est debout au bout de la table, voûté, les mains sur la nappe cirée, va falloir que toi tu travailles il dit faiblement et il la regarde pas.

Ah, elle dit et elle regarde Monique, parce que je travaille pas peut-être ça ça ferait rire si ça faisait pas mal d'entendre des choses comme ça t'as pas vu tout ce que je fais ici dans la cuisine et le séjour et les chambres t'as jamais vu même pendant que t'étais là assis sur ta chaise t'as pas regardé t'as rien vu des courses et la cuisine et la lessive et le repassage c'est pas travailler ça elle dit, c'est travailler vingt-quatre heures sur vingt-quatre et sans le salaire et sans rien et tu sais bien que je peux pas trouver de travail j'ai pas d'instruction et ils disent que je suis trop vieille à l'usine après tous les enfants que j'ai pondus quand j'aurais eu le temps de travailler hein tu peux me le dire, les enfants t'en avais déjà il dit, un seul qu'elle dit j'en avais pas quinze c'était un truc de jeunesse tu vas pas me reprocher quand même, mais vous engueulez pas elle dit Monique.

Je m'engueule pas, j'engueule personne elle dit fort, et maintenant il reproche le Kévin t'entends ça je l'avais pas caché le Kévin il avait déjà trois ans j'allais le cacher où dans mon sac ou dans ma robe qu'est-ce qu'il raconte y a pas eu mensonge, tout ça parce que je dis que je suis fatiguée moi aussi même si ça se voit pas et que je suis pas assise sur ma chaise depuis six mois et d'ailleurs comment elle aurait tourné la cuisine et la maison pendant six mois si j'étais restée assise sur une chaise hein tu le sais comment elle aurait tourné avec les enfants les tiens, trois, et celui que j'ai fait toute seule avant, ça fait quatre, hein, quatre enfants, j'ai le droit à la fatigue moi aussi tout le monde a droit mais moi j'ai juste le droit à la fatigue dans la tête et pas dans les mains et les jambes, les jambes et les mains faut que ça continue à marcher pour que la maison elle tourne et même si ta tête elle est fatiguée tu peux pas rester sur une chaise faut que tu gardes ta fatigue dans ta tête bien fermée et tu peux même pas le dire, même ça t'as pas le droit de dire que t'es fatiguée même si tes mains et tes jambes elles continuent à faire tourner la maison, t'as pas le droit de rien alors je dis rien mais juste que demain il faut qu'il retourne au travail le docteur il l'a dit sinon c'est fini le travail et y aura plus d'argent et ça sera la misère.

Mais y en a de l'argent, il dit Daniel il est toujours debout en regardant le vide, y en a ça arrive tous les mois non alors de quoi tu te plains arrête t'en as déjà manqué tu peux dire que t'en as déjà manqué mais toi tu veux avoir de l'argent, et être sûre qu'on va avoir de l'argent, tout le temps, mais ça je peux pas jurer on peut pas jurer c'est tout ce que je dis personne est sûr de rien aujourd'hui tu comprends pas, on est sûr de rien on peut être jeté demain du travail et de la vie et moi je peux rien contre ça je peux rien jurer mais l'argent y en a encore alors arrête.

C'est ça qu'elle dit, y en a encore aujourd'hui et demain on sait pas, c'est comme ça, faut vivre au jour le jour c'est ça que tu proposes, c'est ça la vie que tu proposes, il dit et qu'est-ce tu veux que je propose hein dis-moi c'est pas moi qui fais les lois j'y peux rien je peux pas aller décrocher la lune et c'est comme ça, maintenant c'est au jour le jour pour tout le monde tu crois quoi, que je peux changer les choses hein tu crois quoi.

Par la fenêtre ouverte on entend des klaxons, des voitures qui s'arrêtent et des conducteurs qui s'engueulent et puis ça recommence, la circulation elle reprend. Daniel, il fouille dans ses poches, ses mains elles tremblent un peu. Elle le regarde en secouant la tête.

Et puis recommence pas à fumer hein t'as promis que t'arrêtais qu'est-ce qu'on ferait si en plus tu nous faisais un cancer en plus, hein, tu m'imagines, moi, avec toi et le cancer ah ce serait beau manquerait plus que ça il l'a dit le docteur qu'il fallait que t'arrêtes l'alcool et la cigarette et puis au prix que c'est maintenant de toute façon ça fera du bien au porte-monnaie faut faire attention à tout maintenant on voit bien que c'est pas toi qui vas au supermarché les grandes surfaces tu connais plus avec tous les calculs qu'on doit faire pour comprendre combien ça coûte en vrai, en francs, parce que dix centimes ça fait pas dix centimes ça fait presque soixante-dix centimes alors faut tout compter parce qu'un euro de différence ça fait pas beaucoup sur l'étiquette mais dans le porte-monnaie ça fait presque sept francs on dirait que t'as oublié alors arrête de fumer parce que le cancer là, ça serait trop.

Il laisse ses mains dans ses poches. Monique elle dit elle dit ça pour ton bien tu sais Daniel. Daniel il hausse les épaules et on dirait qu'elles retombent plus bas qu'avant, quand elles redescendent. Elle essaie un sourire, Monique, mais Daniel il la regarde pas.

Bien sûr que c'est pour son bien personne le souhaite à personne le cancer on voit bien qu'il sait pas ce que c'est lui de voir quelqu'un malade vraiment malade tu te souviens comment il était papa les derniers mois, mais ça il a pas connu Daniel, hein, tandis que nous on sait et toute la tristesse qu'il y a autour, c'est pas juste une personne qu'a le cancer pour elle toute seule c'est tout le monde autour qui souffre et même plus que celui qui est malade parce que le malade au moins il sent la maladie en lui et il peut lutter contre la maladie s'il le veut mais les autres, hein, ils savent pas comment lutter contre la maladie et ils savent pas comment il faut être avec le malade s'il faut tout lui passer ou le secouer de temps en temps et bien sûr il faut les deux mais c'est jamais au bon moment que tu le secoues ou que tu lui passes tout alors la maladie elle prend tout le monde toute la famille ça la bouffe comme ça bouffe le malade petit à petit et même à la fin maman elle en pouvait plus et nous non plus on en pouvait plus et Karine non plus elle en pouvait plus et même si on aimait papa et ça on l'aimait hein Monique, et maman elle l'aimait, eh ben elle pleurait dans la cuisine et elle disait qu'elle voulait qu'il s'en aille, que ça s'arrête, elle en pouvait plus la pauvre maman de son homme malade tu te rends compte où ça amène la maladie à détester celui qu'on aime parce que c'est de l'égoïsme la maladie, qui bouffe tout le monde autour alors le cancer là non, ça serait trop.

C'est vrai elle dit Monique, c'est vrai que c'est dur pour les autres aussi.

Tu dis plus rien elle demande Roberta, hein, tu dis plus rien, et ça l'étonne on dirait, qu'il dise rien, elle attend, mais non, il dit rien, alors au moins aide-moi à débarrasser elle dit, y a ton dernier enfant qui va arriver et faut que je lui prépare le hamburger moi j'arrête pas de la journée et oublie pas qu'y a Fred qui rentre aujourd'hui et faut que j'aille faire des courses tu regardes ce que je fais ou tu regardes rien tu préfères nous faire un cancer c'est ça hein Daniel. Il dit je vais faire la sieste, et il sort de la cuisine. Elle dit ça m'aurait étonnée.

Dans le hall, enculé de ta race il dit, pauvre fiotte l'autre il répond, il y a des klaxons, un livreur de pizzas qui gare sa mobylette, il est vieux, au moins quarante balais il pense le petit, de toute façon ton père c'est un pédé, et ta mère elle lèche les bites il répond l'autre, ils se lancent les cartables à la gueule mais c'est presque machinal, ils s'empoignent un instant, t'as été fini à la pisse toi connard, ils roulent sur le sol, se frappent en fermant les yeux, doucement, un moment, ils se relèvent, ils se séparent devant l'escalier.

Elle est assise à la table, il entre, il la voit et il dit ah t'es là, il dit et maman elle est où, elle dit ben bonjour d'abord, tu peux peut-être m'embrasser non, elle sourit, elle dit eh, Frank, il dit oui oui, elle dit tu t'es battu ou quoi, il s'approche, elle donne les quatre bisous, elle dit t'as bien travaillé, il dit oui oui et puis s'écarte, et maman elle est où il reprend, elle est chez la voisine pour l'huile, elle avait plus d'huile mais elle va arriver, il dit ah bon, il pose le cartable sur une chaise, s'assied à la table, elle dit tu veux pas me faire un câlin, il répond pas parce que ça vaut pas la peine de répondre à ça quand on est grand, il dit et papa il est où, il se repose elle dit, il est un peu fatigué en ce moment tu sais, je sais ouais, il regarde devant lui, et y a quoi à manger, des hamburgers elle dit, elle sourit, elle dit tu t'es battu ou quoi tu veux m'en parler, il répond pas, elle le regarde mais lui non il la regarde pas, elle dit et ton asthme ça va tu prends bien les médicaments tu fais attention, il dit oui, elle dit on s'est pas vus depuis longtemps hein, elle dit je t'avais pas donné ton billet pour ton anniversaire ça te fait quel âge maintenant, il dit onze ans, elle dit alors ça fait onze euros c'est ça, il dit oui, elle dit plus tu grandis plus tu coûtes cher alors et elle a un petit rire gentil, il sourit, elle fouille dans son porte-monnaie, elle sort un billet et une pièce, elle dit tiens et elle les pose sur la table mais elle garde la main sur la pièce et le billet, elle dit je veux un câlin d'abord alors il se lève, il vient sur ses genoux, elle le serre fort, très fort, de plus en plus fort, elle lui fait plein de poutous, il rit en essayant de s'échapper mais il essaie pas bien, exprès, il arrête de faire semblant de se débattre, il reste la tête dans le cou de Monique.

Prends-moi il dit Kévin, c'est dans la cave, il y a juste l'ampoule au plafond, prends-moi, traite-moi de pute, de femelle, viole-moi il dit, il supplie, je te supplie, fais-moi te supplier, dresse-moi à ta queue, fais-moi obéir, monte-moi, lime-moi, insulte-moi toi t'es un mâle et je suis là pour toi pour des mâles comme toi je suis une pute, une lope, une suceuse et j'aime ça, je t'en supplie, donne-moi ta queue, désire-moi, dresse ta bite, montre ta force, que t'es un mec qui a juste envie de se vider les couilles, arrête il dit l'autre, il est plus vieux, peut-être quarante ans il pense Kévin, l'autre face à lui, qui passe d'une jambe à l'autre comme un type qui a envie de pisser, qui se retient, t'es vraiment une pute il demande, oui je suis ta pute il dit Kévin, je suis la pute de l'immeuble, du quartier, de la ville traite-moi comme une pute mais je fais pas payer t'inquiète, je suis une pute parce que j'aime la queue des mâles, le bâton, la bosse dans le fute, arrête il dit l'autre je vais pas bander si tu continues tais-toi, ok j'arrête il dit Kévin, je vais juste te caresser, me mettre à genoux devant toi et te caresser, je vais me taire je pourrai plus parler parce que ma bouche sera pleine de ta queue et il se met à genoux, t'es vraiment qu'un pédé il dit l'autre alors il se décide et il descend son slip en fermant les yeux.

Qu'est-ce que tu veux qu'on fasse elle dit et elle range les assiettes dans le placard, moi je vais baisser les bras je t'assure je vais pas pouvoir tenir c'est comme ça depuis six mois personne résisterait, faut quand même que je sois solide, hein, pour supporter ça, et quand je dis ça fait six mois ça fait six mois que c'est pire, avant c'était déjà dégueulasse et maintenant c'est pire et peut-être ça peut aller encore et encore pire quand tu arrives en bas tu crois que c'est pas possible et pourtant c'est possible, que ça aille encore plus mal, regarde les pauvres types dans la rue maintenant c'est partout et même des femmes, tu sais que ça peut arriver suffit de pas grand-chose ça peut t'arriver à toute allure y a deux jours ils ont viré une famille là avec tout et quand tu vois tout ce que c'est que le tout d'une famille c'est pas grand-chose le tout d'une famille ça se jette à la rue et ça s'éparpille et ça fait sale tu sais pas toi, ce qui est propre chez toi soudain ça fait sale dehors et pouilleux, des valises sales et des jouets sales sur le trottoir, des meubles sales et abîmés, des vêtements qui dépassent des valises, ça fait juste un petit tas de poubelle parce que quand tes affaires elles sont dehors, devant tout le monde qui les voit sales, avec les traces de doigts, les traces de ta vie, tes affaires on les reconnaît pas des poubelles, c'est pareil, tu as les chiens ils viennent renifler et pisser dessus et tu laisses tes affaires, de toute façon tu peux pas les emporter c'est tout éparpillé et pissé par les chiens, et regardé par les gens comme si c'était sale alors tu pars avec rien, avec la seule valise qui ferme bien et tu vas où, la vie elle te bouffe à toute allure elle te laisse pas le temps, si tu sors des rails juste une seconde eh ben tu retournes jamais sur les rails jamais tu reprends la route vraiment et tu regardes les autres qui sont sur les rails et tu comprends plus comment on fait pour y rester et avancer comme ça, tu sais plus, t'as perdu le mode d'emploi et c'est devenu un autre monde le monde normal, le monde avec un lit et la télé et un frigo c'est devenu un autre monde que tu peux plus toucher, alors oui j'ai peur, Monique, j'ai peur, je sais pas comment on fait si Daniel il perd son travail ça va vite de dégringoler et d'aller de l'autre côté des rails et de plus jamais retrouver les rails.

Non, j'en peux plus elle dit Roberta, je craque, là, je craque, j'ai envie de pleurer tout le temps tu vois quelquefois au supermarché au milieu des rayons c'est comme une angoisse qui me prend à la poitrine, pour rien, devant les conserves bien rangées, tu as toutes les boîtes bien alignées sur les rayons c'est propre, c'est comme la bibliothèque à l'école quand tu oses pas prendre un livre et même pas choisir un livre tu te dis que c'est pas pour toi, ça, c'est un monde qui est pas pour toi, qui est pour ceux qui ont été élevés dans l'instruction et qui ont pas peur de toucher les livres, ou les conserves, ils les reconnaissent eux, et moi j'arrive plus à reconnaître les conserves, ça fait comme un mur solide, fermé, et tu vois des gens avec leurs caddies remplis de conserves tu te dis qu'ils comprennent la vie, qu'ils ont pas peur de la vie eux, tandis que moi devant le mur solide de conserves je me sens toute petite, comme si j'avais pas le droit de toucher au mur de conserves, je supporte plus les rayons bien rangés qui font des murs solides, fermés, que tu peux pas ouvrir, ou les frigos à vitres avec les pizzas, les tartes, tout ça bien rangé et propre je me sens sale devant toute cette propreté je me sens sale tu comprends, pas à ma place, elle est où ma place tu comprends, alors quand je vais pleurer devant les pizzas bien rangées ou les steaks bien rangés, bien emballés, les paquets très carrés, quand je sens que ça monte du ventre comme une vague ça monte et ça va déborder et je veux pas pleurer devant les gens tu comprends, ça se fait pas de se montrer en train de pleurer je veux pas je le supporterais pas alors je vais voir les paniers des vêtements tu sais les trucs en solde, en fouillis, ça déborde, ça bave des paniers c'est froissé c'est comme moi j'ai l'impression, d'être face à moi devant les pulls qui ont un accroc ou les pantalons qui ont un accroc, je reste là des minutes et des minutes à fouiller les pulls qui ont un accroc et les pantalons, le temps de me calmer la vague qui monte je les retourne, je les mélange, c'est fou Monique c'est le seul endroit au supermarché où je me sens bien quand j'ai la vague qui me monte, je suis là, avec mon caddie vide, devant les vêtements qui ont un accroc, paralysée comme une statue, j'ai juste les mains qui bougent dans les paniers des vêtements qui ont un accroc et j'achète rien, c'est même pas pour acheter tu comprends, je les vois même pas je les regarde pas les vêtements qui ont un accroc je les tripote pour me vider la vague pour plus être là où je suis peut-être c'est comme le doudou de Frank qui dort avec son doudou pour être tout seul avec lui moi je sais que je vois plus rien pendant des minutes et des minutes à tripoter les vêtements qui ont un accroc, une déchirure, et après je reprends le caddie et je fais les courses vite.

Elle est assise à côté de Monique. Monique lui prend les mains et les caresse.

Je suis fatiguée Monique, elle dit.

C'est au café, au comptoir, c'est ma tournée il dit le type, mais après c'est à moi il dit Daniel et il allume une cigarette, ok il dit le type, la même chose il dit au serveur, et sans mousse hein, lui aussi il allume une cigarette, Daniel il avale la fumée, il dit merde ça fait du bien, merde, et il rit, t'es de bonne humeur il dit le type, ouais je me fais un cancer il dit Daniel et il rit encore, ça fait longtemps que je le prépare mais là j'accélère c'est bon, là, y a plus grand-chose à faire pour rigoler, et t'as choisi quoi il dit le type en rigolant aussi, cancer du foie, de la gorge, des poumons tu préfères quoi, bof il dit Daniel, j'ai pas réfléchi vraiment de toute façon il décide pour toi c'est ça qui est bien, pour nous qu'on choisit pas, qu'on a jamais choisi et qu'on choisira jamais rien même pas ça, alors c'est la vie qui choisit pour toi et toi t'as juste à bien le recevoir le cadeau du cancer comme ça ça va plus vite, t'as raison il dit le type, allez, à ta santé et il rigole façon de parler hein, ils trinquent, ils boivent une grosse gorgée, tu voulais faire quoi toi il demande le type, je sais pas il dit Daniel j'ai jamais réfléchi non plus j'ai pas eu le temps de réfléchir d'abord t'es à l'école et puis t'es en formation et puis t'es au travail, ça c'est vrai il dit l'autre, mais moi je voulais être aventurier tu vois, ah quand t'étais petit il dit Daniel, non, depuis tout le temps il dit l'autre, voyager, traverser les pays, connaître des belles femmes, des gens qui vivent pas pareil, aller au soleil quoi, et vivre dehors tout le temps, sur la mer ou sur la terre mais dehors, avoir la peau bien tannée par le vent, des trucs comme ça tu vois, des filles qui te reçoivent avec le sourire sur les lèvres et sur les nichons, qui te demandent pas la bague et l'appartement tout ça quoi, il boivent une gorgée, t'es marié toi, il demande, ouais dit Daniel, et t'as des gosses, ouais, trois à moi et un à elle, c'est bien ça il dit le type, les gosses, moi je regrette, je sais pas il dit Daniel, comment tu sais pas, je sais plus grand-chose il dit Daniel et il boit, ah ouais, je vois, ils sont grands c'est ça, si on veut il dit Daniel, les jumeaux ils ont dix-neuf et le petit il a onze, le grand vingt-quatre, ah t'as que des fils eh ben dis donc, non il dit Daniel, les jumeaux c'est un garçon et une fille, ah c'est mieux il dit le type, les filles y a que ça de vrai de toute façon hein, et il cligne de l'œil, il boit, il repose son verre, j'en ai plus rien à battre il dit Daniel, aujourd'hui là si tu savais j'en ai plus rien à battre il dit, ah bon il dit l'autre, excuse-moi, ce que j'en dis c'est pour parler tu sais allez à la tienne, ils trinquent mais ils se regardent pas, ils finissent les verres. Daniel il rallume une cigarette, il fait signe au serveur, la même chose et c'est pour moi cette fois hein, ouais ouais dit l'autre, et pour moi celle d'après, il écrase sa cigarette, moi j'ai jamais été marié, j'aime trop les filles pour rester avec une ou peut-être je les aime pas assez pour les marier à chaque fois une fois j'ai vécu avec une mais bon, j'ai cru que j'allais crever d'ennui alors maintenant je suis libre, mais quelquefois tu t'ennuies tu vois ce que je veux dire, maintenant on rencontre plus des filles très facilement tu vois ce que je veux dire et il cligne de l'œil. Tu veux dire pour le cul il demande Daniel. Ouais, pour le cul, c'est plus aussi facile et puis les putes j'ai pas envie. T'as qu'à être pédé il dit Daniel, paraît que c'est plus simple, pourquoi tu dis ça il dit l'autre. Pour rien il dit Daniel, de toute façon après vingt ans ensemble on se voit plus, on se parle plus, c'est des conneries tout ça le mariage et l'amour c'est pour les riches, pour ceux qu'ont que ça à penser et à vivre, quand tu travailles t'as pas le temps c'est pour les magazines toutes les histoires d'amour et tout ça, ou pour les jeunes, toi quand tu bosses, quand tu vis, que tu fais des gamins, que tu te démerdes pour trouver un appart, le payer, le garder, et garder ton boulot, et élever les gamins, t'as pas le temps de regarder l'autre ça devient un truc entre copains tu vois, on se partage le boulot, on partage la bouffe, l'appart, les emmerdes, on partage que le chiant, l'amour c'est pour les riches je te dis, ou pour les chômeurs, qui ont le temps s'ils ont le temps de penser à ça et pas à chercher du boulot, c'est pas pour nous qu'on choisit rien, on sort avec une fille à vingt ans, elle est même pas forcément jolie, juste elle est jeune, elle est encore gentille, même elle peut avoir déjà un gamin et c'est pas grave, et toi comme t'as vingt ans faire l'amour tu crois que c'est être amoureux, c'est parce qu'on regarde les films, au ciné ou à la télé, ça a l'air important et fort l'amour, mais c'est pour la télé et le ciné, on te met des violons, et dans la vie t'as pas de violons jamais, jamais t'as la musique derrière ta vie.

Je te sens pas en ce moment. Depuis longtemps. Tu t'éloignes. Tu me regardes plus. Peut-être tu m'aimes plus. Tu parles plus. Si tu m'aimes plus dis-le moi je préfère. Tu ris plus. Je veux pas penser que c'est à cause de moi que tu vas mal. Je veux pas penser que je te rends malheureux. Tu parles plus. Je veux pas penser que je suis nulle parce que tu m'aimes et que t'es malheureux. Si tu m'aimes c'est pire tu comprends. Si tu m'aimes plus dis-le moi je préfère. Parce que si tu m'aimes alors que t'es triste, que tu t'éloignes, que tu restes silencieux, je me dis que je suis nulle de rendre le type qui m'aime malheureux. Ça me renvoie une image merdique de moi. Tu comprends. Je préfère que tu m'aimes pas si c'est ça que t'appelles aimer et que ça te fait souffrir. Si ça me fait souffrir, aussi, Jérémy tu m'écoutes, ça me fait souffrir. Si c'est ça qui reste de l'amour. Juste ça. C'est quoi ce juste ça qui reste de l'amour. Ces miettes, Jérémy, elle dit, doucement.

Je t'aime c'est tout, il dit, allongé sur le lit, il fume, il regarde le plafond. Fait chier il maugrée.

Elle, elle marche dans la chambre, les bras croisés sur sa poitrine comme si elle avait froid, mais il ne fait pas froid, qu'est-ce qui va pas elle dit, elle le regarde parfois, quand elle passe près de lui, mais ça va il dit, ça va très bien, elle s'arrête au milieu de la pièce, qu'est-ce qui te rend malheureux elle dit. Me mens pas, pas à moi. Ça fait trois ans qu'on sort ensemble, trois ans qu'on fait l'amour. Même si on parle pas depuis des mois il y a des choses qu'on sent dans l'amour, quand tu me fais l'amour, il y a des choses que je sens.

J'espère, il dit, allongé.

T'es con, elle dit. Elle s'assied sur le bord du lit, elle lui prend sa cigarette, fume une taffe, lui rend sa cigarette. Je suis pas agressive, sois pas agressif, je parle pas de ta bite. Elle rejette la fumée. Ça parle les corps, les mains, comment elles bougent tu le sais pas peut-être. Ça se sent le désir. Pas que la raideur de ta bite. Comment ton corps il me regarde et me sent. Il me regarde plus, il me sent plus, ton corps.

Je comprends pas ce que tu dis, il dit sans bouger.

Tu me prends comme on se branle Jérémy, voilà ce que tu fais. Tu te branles dans moi, voilà ce que je sens. Tu me fais pas l'amour. Tu me pénètres, tu te frottes à quelque chose de mouillé, tu jouis, tu sors, tu dors. Tu te vides Jérémy, tu te vides en moi comme tu te lâcherais dans un mouchoir.

Il fume lentement, il recrache la fumée. Il regarde le plafond. Mais t'aimes ça aussi, tu me l'as dit que t'aimes ça quand c'est rapide alors. Il regarde la fumée monter vers le plafond.

Arrête Jérémy. Tu touches plus mes seins, tu touches plus mon dos, tu touches plus mes fesses, tu touches plus ma bouche, mes yeux, mes cils, tu touches plus mes oreilles, tu touches plus mes hanches, tu m'embrasses plus. Quand je te suce tu m'étouffes sous la couverture, tu touches plus mes cheveux, tu touches plus ma nuque, mes joues, tu penses à qui, tu penses à quoi. Quand tu me baises il y a juste ta bite à l'intérieur de moi et tout le reste de ton corps est loin, le plus loin que tu peux, tu penses à quoi, tu penses à qui, hein. Tu sais plus ce que c'est mon plaisir, ça fait des mois que tu sais plus ce que c'est mon plaisir. Tu t'en fous.

Vous êtes chiantes il dit, les filles ça veut toujours plus, il jette la cendre sur le parquet sans regarder.

Je veux pas plus elle dit, je veux ce que j'avais, ce que tu donnais, ce que tu étais. Ou alors je veux plus rien de toi. Mais je veux pas plus.

Vous aimez que le cul, c'est ça en fait.

Tu te fous de moi elle dit.

Je t'aime pas qu'avec mon slip il dit.

Tu te fous de moi elle dit. Tu m'aimes avec quoi. Avec ta tête. Avec tes mains. Avec ta bouche. Tu m'aimes avec rien Jérémy. Tu m'as aimée avec tout. C'est pour ça que c'est dur, moi j'ai pas oublié. Tu m'as aimée avec tout. Avec ton slip, avec ta tête, avec tes mains, avec tes rires.

Y a un temps pour tout il dit, et passe-moi le cendrier s'il te plaît, elle se lève, elle prend le cendrier sur la table, le rapporte, le pose par terre, à côté du lit, elle se rassied sur le bord du lit, elle regarde devant elle. Je peux plus t'aimer comme avant, c'est tout, je suis crevé, je peux pas toujours faire le premier pas.

Quand je te touche tu recules elle dit, elle regarde devant elle, elle a les bras sur les genoux, quand je te frôle tu recules, quand je te parle tu écoutes pas, quand je te souris tu regardes plus. Tu m'évites. Dans la même pièce tu m'évites. Tu fais des détours, des courbes, entre le lit et la table pour qu'on ne se croise pas. Ça fait des mois. Dis-moi que tu m'aimes plus, sinon l'amour c'est merdique. Si ça c'est aimer, c'est merdique. Je veux pas que l'amour ça soit un truc merdique, je veux pas croire que c'est comme ça pour tous les gens, je veux croire que c'est comme on était avant, et que ça peut continuer, ou recommencer, sinon dis-moi que tu m'aimes plus, vraiment je préfère je te dis, je préfère. Tu m'évites.

Il écrase sa cigarette. Il croise les mains sous sa nuque.

Avant tu riais, tu sautais, tu me touchais, tu bondissais, tu mangeais, tu buvais, tu riais, tu m'embrassais, tu parlais, tu me regardais, tu riais quand tu me regardais, tu riais quand tu me parlais, tu riais en allant pisser, tu parlais en allant pisser, en faisant à manger, tu parlais en riant, tu pleurais en parlant, tu pleurais entre mes jambes, tu pleurais et je caressais ta tête, tu dormais entre mes jambes, tu dormais et je caressais ta tête, à en avoir mal aux cuisses, de ta tête sur mes cuisses, à ne pas oser bouger pour que tu dormes bien, à être heureuse que tu dormes sur mes cuisses, et que je te caresse, et que tu souries en dormant, à caresser tes paupières, à regarder tes paupières et tes yeux qui bougeaient sous tes paupières. Quand on dormait tu m'enlaçais, tu me serrais, tu me ramenais vers toi, tu me serrais contre toi, tu t'endormais contre mon cou, ton souffle contre mon cou, et je ne bougeais pas, même si j'avais mal de ne pas bouger je ne bougeais pas, j'étais heureuse de toi, je ne dormais pas, je t'écoutais dormir, je te sentais dormir, et au milieu de la nuit tu t'écartais alors moi aussi je dormais jusqu'au matin, quand tu m'enlaçais à nouveau, quand tu te réveillais tu m'enlaçais à nouveau, tu me serrais, tu me ramenais vers toi, tu me serrais contre toi, je sentais ton souffle contre mon cou et c'était avant, voilà, c'était avant, c'est tout, c'était comme ça.

Il allume une cigarette. T'es trop compliquée il dit, fermé. T'as trop de problèmes t'es pas quelqu'un de simple, moi je baisse les bras c'est tout. J'ai essayé de t'en sortir mais je peux pas m'occuper que de toi, faut que je m'occupe de moi aussi, et c'est en m'occupant de moi, que je pourrai m'occuper de toi, d'abord faut s'aimer soi, pour aimer l'autre, y a un temps pour tout et là je m'occupe de moi.

Elle dit tu te fous de moi Jérémy.

Il dit non. Il dit je t'ai tout donné et là tu me bouffes la vie c'est tout.

Elle dit tu te fous de moi Jérémy. Il reste quoi dans ton amour s'il y a plus la tendresse, s'il y a plus les regards, s'il y a plus le rire, s'il y a plus les mains il reste quoi, c'est vide ton amour, c'est vide elle dit.

T'as qu'à prendre tes dispositions si ça te convient plus. Je suis comme ça il dit, tu le savais.

Elle dit tu te fous de moi. Elle dit t'étais pas comme ça. Elle dit tout de toi me gueule que tu m'aimes plus, mais que t'as pas le courage de me le dire. Et de te le dire à toi aussi. T'es lâche. Tout de toi me gueule que tu m'aimes plus et toi tu te tais. Mais compte pas sur moi pour dire que je t'aime plus, c'est pas moi qui casserai. Je te rendrai pas ce service. Je sais pas si je t'aime encore. Mais c'est à toi de prendre tes décisions. De casser si tu m'aimes plus. C'est toi qui fais la vie comme elle est maintenant, juste toi. C'est toi qui la rends dure. Qui la rends sale. Mais je te ferai pas le cadeau de casser, elle dit. Parce que, parce que je t'ai loin dans la peau je le sens, je le sais maintenant. Je le devinais quand ça allait entre nous, je le sais maintenant. Et ça, c'est plus un cadeau. C'est plus un bonheur. Ça a été du bonheur, d'être avec toi, de te sentir contre moi, de te sentir en moi, d'être à toi, entièrement à toi, je me suis donnée entièrement à toi et tu m'as prise entièrement et tu m'as marquée. Mais c'est plus du bonheur. Je suis marquée par toi. Je suis marquée de toi. C'est un truc je peux rien faire contre. Je t'ai loin dans ma peau. Mais c'est comme une maladie, c'est plus de la joie. Je t'ai dans ma peau comme quelque chose qui me fait mal maintenant. Et même ce mal, pendant un moment, ça me faisait du bien parce que ça venait de toi. Avoir mal de toi c'était encore avoir quelque chose de toi. Même rien que ça, rien que du mal. Et puis tu te dis que ça va changer. Que ça peut pas durer. Que ça va revenir. Que j'ai pas besoin de te dire des choses pour que tu comprennes des choses. Si tu m'aimes. Tu vas comprendre. Tu vas me prendre dans tes bras parce que tu en auras envie. Pas parce que je te l'aurai dit. Et puis non. T'écoutes pas, t'écoutes même pas les silences, elle dit. Alors après des mois, le mal il fait trop mal, il abîme tout. Il a pris la place de tout, il remplace tout, il se met à la place des poumons, à la place du cœur, des reins, partout il remplace ce qu'il y avait avant. Il reste plus que ça. Et l'autre il dit toujours rien. Celui que tu aimes. Et tu comprends qu'il dira plus rien, c'est ça qui est dur, tu comprends qu'il dira plus rien. Et que toi tu vas vivre avec ça, avec ce mal-là. Ça peut t'occuper toute la vie, ce mal-là. Ouais, ça peut, elle dit, toute une vie. À se souvenir toute une vie de quand c'était bien, pour supporter tout ce mal-là qui reste. Tu peux. C'est possible. Mais je me bousillerai pas toute ma vie parce que je t'ai loin dans la peau. Même si c'est difficile. Je me contenterai pas de ça, du souvenir du début. Ça me suffirait pas pour vivre, moi. Ou ça me suffirait, mais je veux pas que ça me suffise. Le souvenir de comment c'était. Au début. Je suis pas ma mère ou ma tante à me souvenir que c'était bien et à trouver que c'est normal et que ça suffit pour une vie entière. À penser que c'est comme ça pour tout le monde. Qu'on s'aime un peu, et qu'on s'aime plus, tout le reste du temps.

T'as qu'à changer de mec. T'as qu'à faire pute il dit, comme ça tu pourras choisir, et il rit, il rallume une cigarette.

Elle dit même si je t'ai dans la peau je te sortirai de ma peau si pour toi c'est ça l'amour. Je te sortirai de ma peau comme on sort une maladie, un cancer, je couperai la maladie et tout ce qu'elle bouffe avec, je me raclerai, je me nettoierai, ça me manquera toujours et je serai toujours en manque de toi mais je te sortirai de ma peau Jérémy, parce que ça me bouffe, Jérémy, que tu m'aimes plus.

T'as qu'à faire pute il dit, c'est sérieux, t'auras plein de mecs et tu pourras être amoureuse tout le temps. Parce que c'est pas l'amour que tu cherches il dit, c'est d'être amoureuse, c'est pas pareil. Toi tu veux les fleurs et les trucs romantiques et qu'on se tienne par la main mais on a plus seize ans Sandrine, on a grandi, toi tu vis dans le passé.

Elle regarde devant elle, elle a toujours les bras croisés sur les genoux, elle dit toi tu vis dans rien, et surtout pas dans le présent. Tu vis dans des projets, d'avoir une maison, d'avoir une famille, d'avoir de l'argent, tout ce que tu veux je sais pas, mais tu vis pas dans le présent. Ça te fatigue le présent parce que c'est pas encore comme tu veux, comme tu attends, comme tu t'es fixé, c'est pas tout à fait ça ou c'est encore très loin de ce que tu attends, et tant que c'est pas comme tu veux et comme tu attends tu traverses le présent, mais tu vis pas le présent. Tu le refuses. Tu le rejettes. Tu en vois que le moche parce que tu le rends moche, parce qu'être heureux dans le présent pour toi ça serait accepter le présent comme il est, tu crois ça, et ça serait renoncer à tes rêves, tu crois ça, oui, alors que même si c'est moche le présent on peut le vivre bien, aussi, on peut essayer, ou mieux que sale comme il est, comme tu le rends. Toi tu crois que tu luttes pour atteindre quelque chose, mais tu luttes pas Jérémy, tu casses. Ta fierté elle est de croire que tu te bas mais tu te bas pas Jérémy, tu pilles. Tu gâches ce que t'as. Tu supportes pas de pas être encore comme tu veux, et tu gâches ce que t'as.

Vas-y il dit, crache ton venin puisque c'est ce que tu veux, et il fume.

Elle continue, peut-être elle l'a pas entendu, elle dit tu exploses tes jouets Jérémy, parce qu'ils marchent pas comme tu voudrais, parce qu'ils sont plus aussi neufs qu'avant, tu les casses et après tu dis qu'ils sont pourris, qu'ils sont moches, et tu les jettes, parce qu'ils sont moches et abîmés, parce que tu les as rendus moches et parce que tu les as abîmés, toi. Et tu fais pareil avec les gens, quand tu les aimes plus tu les vois moches et alors ils deviennent moches, tu les vois abîmés alors tu les abîmes pour être sûr. Tu me rends moche Jérémy, tu me rends laide, elle dit.

Il dit je suis pas responsable de ton malheur Sandrine. Je suis pas responsable de ta souffrance.

De quoi tu parles elle dit. De quelle souffrance. Elle se retourne pour prendre une taffe, et puis elle lui rend la cigarette. Elle regarde devant elle, elle respire loin, elle continue, elle dit tu te fous de moi. De quelle souffrance tu parles. De celle dans laquelle tu me mets bien sûr que t'es responsable. De cette souffrance-là, oui, bien sûr. Bien sûr que ta tristesse elle me rend triste, bien sûr que ta violence elle me rend violente, que ton éloignement il m'éloigne, tu crois quoi.

Je crois rien, je vois, c'est tout.

Tu vois quoi.

Je vois que tu restes dans ton bourbier.

Mon bourbier elle dit.

Ton bourbier il dit.

Lequel elle dit.

Le bourbier de ta famille avec ton père au chômage et ton frère pédé et ta mère hystérique.

De quoi tu parles elle dit, et elle recrache la fumée.

De ça. Ce bourbier-là.

Mais de quoi tu parles elle dit. Derrière quoi tu te caches. D'abord mon père il est pas au chômage, il a été malade c'est pas pareil, et ma mère elle est fatiguée et mon frère pédé je vois pas en quoi ça te gêne ou te regarde, en plus c'est mon demi-frère, de quoi tu parles.

C'est bien ce que je dis, c'est ton bourbier il dit.

Mais en quoi ça te dérange hein, en quoi ça me concerne et en quoi ça te concerne, moi c'est moi, et eux c'est eux tu mélanges tout, tu cherches quoi.

Je mélange pas.

C'est pas avec eux que tu couches ou que tu veux vivre, c'est pas eux que t'aimes, ou que tu dis aimer, t'as pas à les supporter.

T'arrives pas à t'en sortir il dit.

Me sortir de quoi, j'ai pas à m'en sortir, de quoi tu parles, tu cherches des prétextes, tu me fais porter toute ta faute comme ça tu t'innocentes, t'es un malheureux qui est tombé sur la mauvaise proie c'est ça ce que tu penses et je deviens pesante parce que tu me vois pesante, et je deviens lourde parce que tu me vois lourde. Tu m'as connue comme j'étais et ce que j'étais ça fait partie de ma vie je te l'apporte pas en bagage je te le renverse pas sur la tête en fait tu aimes personne Jérémy, mais tu sais pas le dire. C'est comme un rêve, tu voudrais aimer, ça fait partie de tes projets, mais tu sais pas aimer. Alors tu penses que c'est la faute de l'autre. T'aimes être amoureux, c'est toi qui aimes les débuts, les battements dans le cœur, les rendez-vous, tout ça, mais le présent non tu l'aimes pas et la réalité tu l'aimes pas. Tu les vis pas, tu les loupes.

J'ai qu'une vie il dit, j'ai besoin de sentir que je vis cette vie.

J'ai compris elle dit, j'ai compris, mais tu la vis pas ta vie, alors moi je vais te sortir de la mienne même si ça fait mal, comme on s'avorte, comme on se charcute. Tu seras ma balafre elle dit. Elle prend la cigarette, elle fume, elle jette la cendre dans le cendrier.

Parce que tu crois quoi, que ça existe il demande Daniel. Tu rêves toi. Je te dis c'est pour les riches, pour ceux qui ont le temps. L'autre, il dit arrête va, et ils boivent sans trinquer, chacun face au comptoir. L'amour c'est pas fait pour les pauvres, c'est tout ce que je dis il dit Daniel, c'est un luxe quand t'as déjà du luxe, c'est comme du parfum, tu vois, des trucs qui servent à rien qu'à sentir bon en plus. Ouais, c'est du temps qui est pas fait pour les pauvres c'est tout ce que je dis. T'es con, il dit l'autre et il rit, il commande la même chose hein, et sans mousse, mais tu me plais bien. Ils reposent les verres. Ils regardent les bouteilles alignées derrière le comptoir. Parce que t'as eu le temps d'aimer, toi, il demande Daniel, dis-moi t'as eu le temps, t'as eu l'argent pour ça, hein, t'as eu la tête à ça hein. Le serveur il dépose les verres. Ben la tête c'est sûr il dit l'autre, allez santé, ils prennent les verres et ils trinquent, la tête ça pense qu'à ça, et pas que la tête d'ailleurs si tu vois ce que je veux dire. Ils boivent. Ils avalent la bière et on les entend déglutir. Ils reposent les verres. Tu parles de cul il dit Daniel, c'est pas pareil, faut pas mélanger. Il fait tourner son verre entre ses doigts. Arrête il dit l'autre, c'est pareil, tu sais bien, peut-être pas pour les filles mais pour les mecs c'est pareil, t'aimes un minimum quand tu baises de toute façon, j'ai jamais baisé une fille que j'aimais pas un minimum. Ah ouais, il fait Daniel. T'as baisé combien de filles il demande. Il reprend son verre, il boit. L'autre il fait pareil. Je sais pas il dit et il fait un grand geste, genre beaucoup, genre je peux pas compter ou c'est pas des questions qu'on pose, arrête me dis pas que tu sais pas il demande Daniel. Bon, cent il dit l'autre, pas très assuré mais il essaie de rire. Sans rire il dit Daniel, et il le regarde. Je sais pas moi il dit l'autre, bon, allez en vrai, vingt, trente peut-être, vingt-cinq, vingt-six, ouais, vingt-six allez. Il regarde les bouteilles. Et toi il demande, gêné, pour plus être gêné. Moi, il dit Daniel, deux, et il allume une cigarette. Il fume, il avale bien la fumée longtemps. Deux, il répète l'autre. Ouais, deux, il dit Daniel. Ah ouais il dit l'autre, évidemment, et il gratte sa tête. Ils boivent. Ils reposent les verres. Il dit mais t'es marié aussi, c'est pas pareil, tu t'es marié jeune alors en fait t'as dû baiser autant que moi et même plus, hein. Il attend une réponse. Mais y a pas de réponse. Il fait balancer son verre doucement entre ses mains. Tu les as aimées les vingt-cinq, il demande Daniel, après un moment. Ben, bien sûr, il dit l'autre. Tu te souviens des vingt-cinq il dit Daniel, après un moment. Ben, ouais il dit l'autre tout de suite et très vite. Alors je t'envie il dit Daniel après un moment, et ils trinquent, allez santé. Il lèche la mousse sur sa lèvre, repose le verre. T'as aimé vingt-cinq femmes il dit, alors chapeau il dit Daniel, aimer vingt-cinq femmes, aimer vingt-cinq fois, et il siffle. Il boit. L'autre boit aussi. Ben aimé je sais pas il dit l'autre. Tu veux me faire dire quoi je comprends pas, il dit. J'ai peut-être pas aimé toutes les vingt-cinq, forcément, mais beaucoup quoi, il dit. Et il repose son verre. En fait t'es un sacré baiseur il dit Daniel en riant, mais pas très bien, il rit pas très bien. Ouais il dit l'autre, mais attends j'en ai aimé ça c'est sûr, il dit ça tout de suite. T'as aimé quoi, à chaque fois, c'était différent c'est ça, il demande Daniel tout de suite aussi, c'est vraiment différent les filles entre elles. Ouais, il dit l'autre, tout de suite aussi, il parle vite. C'est jamais pareil tu vois, c'est drôle ça d'ailleurs, t'as l'impression que c'est pareil mais jamais c'est pareil. Sérieux, il demande Daniel, mais après du silence. Sérieux il dit l'autre. Ouais les jambes, les seins, la chatte, la peau, rien que la peau tiens, ou la bouche, c'est jamais pareil tu vois, comment la fille elle t'embrasse si elle est câline ou si elle est sexe tout de suite ça tu le sens, la langue qui veut rentrer ou pas, la douceur des lèvres, c'est doux comme du velours ou c'est humide comme une tigresse, c'est musclé ou c'est ouvert, rien qu'avec la bouche sur la bouche d'une fille tu connais la fille il dit, déjà tu lui fais l'amour et tu sais si elle est timide ou si elle te veut tout de suite, si elle en veut ou si elle est timide, il dit c'est drôle, c'est excitant la bouche, rentrer la langue dans la bouche parce que tu sais si la fille elle est bonne, si elle t'accueillera, si elle joue avec ta langue, ou si elle joue pas, c'est comme elle jouera avec le reste si tu vois ce que je veux dire. Ah ouais, il fait Daniel. Peut-être il écoute pas, on sait pas, il dit allez, on en reprend une hein il dit, après du silence et c'est dû à la bière, le silence, ok il dit l'autre mais aucun bouge, ils sont un peu affalés sur le comptoir, les bras croisés. Juste ils fument un moment en fixant les verres vides.

T'es rien que pédé, il demande le type, il est debout. Kévin il est à côté, près des jambes du type à les frôler, mais assis contre le mur et les coudes sur les genoux. Ouais il dit, rien que pédé, et le type il dit ah. Ils regardent devant eux, le mur, les deux, ils regardent ça. Le type il allume une cigarette, d'abord il la sort de sa poche, il la met à sa bouche, et puis il balance d'une patte sur l'autre. Il dit ça t'ennuie pas que je pose la question, et il remet le briquet dans sa poche. Kévin il dit non. Il dit mais si tu veux savoir si j'ai couché avec des filles, t'as qu'à demander, c'est plus simple. Et puis il dit tu me passes une clope, et le type lui passe la sienne, après une hésitation, il en sort une autre de sa poche, il reprend le briquet, allume la cigarette, il remet le briquet dans sa poche. T'as déjà couché avec des filles, alors, il demande, quand il a tiré sa première bouffée. Kévin il fume, il recrache la fumée. Ouais, j'ai déjà couché avec des filles. Ah, il dit le type. Alors t'es pas rien que pédé, il dit le type. Si, il dit Kévin, doucement, rien que pédé, comme tu dis. Ils fument. Ils recrachent la fumée. Le type il jette la cendre machinalement sur le sol, même s'il y a pas de cendre. Kévin il dit c'est pas la peine de mentir tu vois, et de mentir aux autres, surtout à moi, je veux pas me mentir, il dit ça à lui comme il le dit au type, debout contre lui. Il dit même si je peux bander avec une fille j'aime pas les filles. Ça me dit rien le corps des filles. Leurs hanches, leurs seins. Leurs culs, ça me parle pas. Et leur sexe ça me parle pas. C'est tout. Ah, il dit le type, après un temps. Et puis encore après un temps il dit, moi c'est la première fois, il dit avec, il dit juste ça, il finit pas sa phrase. Il tire sur sa cigarette, il rejette la fumée vers le haut. C'est sûr il dit Kévin. Tu me crois pas, il dit le type. Si, si, je te crois. Ça se voit que t'es pas habitué il dit Kévin, t'es trop tendre. T'es pas un baiseur. Ben non, il dit le type. Et il dit c'est la première fois que je fais ça, avec un mec, ça y est il l'a dit. Il jette sa cendre sur le sol. Kévin il fume, il recrache la fumée, il laisse tomber la cendre là où elle tombe, donc sur lui, après il l'époussette avec la main, la cendre. C'est chaque fois la première fois il dit Kévin. Chaque fois t'es puceau avec un mec. Avec une nana aussi, c'est sûr, mais avec un mec c'est chaque fois la première fois, encore plus. Son odeur, sa peau, sa queue, tout ce que tu dois découvrir chaque fois c'est un truc qui te fait trembler, qui te fait comme une feuille dans une rafale, le désir du mec, tu vois, ça fait de toi une feuille dans une rafale et tu trembles devant tous les mecs qui te regardent, et même ceux qui te regardent pas, comme avec la fièvre, devant tous ceux que tu vois, que tu croises. J'ai la fièvre, quand ils me regardent. Même quand ils me regardent pas. Moi je les regarde. Je les trouve beaux les hommes, solides, je les regarde tous il dit doucement, Kévin. Il lâche la cigarette sur le sol, le mégot, et il ferme les yeux. Doucement, il dit tu peux pas savoir ce que c'est un homme pour un homme. Il caresse ses joues. C'est peut-être comme un homme pour une femme, pour elles c'est peut-être pareil, mais c'est pas comme une femme pour un homme, ça c'est différent, c'est sûr. Une femme pour un homme je sais pas ce que c'est, il dit Kévin, en se caressant les joues, ou la barbe, même si j'ai fait l'amour avec des filles je sais pas ce que c'est dans ma tête, une femme pour un homme, c'est trop loin et c'est trop différent de moi, physiquement, c'est trop loin, ça me fait pas bander tu comprends. Alors qu'un homme c'est solide il dit, les cuisses, les mollets, le cul, c'est massif, ça tient, un homme c'est comme une pierre à laquelle tu te tiens, sur laquelle tu prends appui, et la queue comme une pierre, c'est une pierre sur laquelle tu sautes pour aller dans la mer tu comprends, tu te jettes de là. Il dit c'est un tremplin un homme, ça te donne la force, c'est un élan. Moi je sens ça comme ça il dit Kévin, je vis ça comme ça, il se caresse la barbe qui naît sous la peau de ses joues. Il dit je sais pas les femmes, c'est un butoir. Il dit c'est une frontière. Ça m'intéresse pas il dit. Et puis peut-être il y a le désir du mec, son désir, qui est visible, c'est quelque chose de fou qui me paralyse à chaque fois, ça, le désir visible, c'est solide. Tu le tiens. Tu le sens. Tu le prends dans la main, dans la bouche, tu le caresses sur tes joues. Sur ton nez et sur tes lèvres. Le désir d'un homme il se cache pas, c'est quelque chose qui me paralyse à chaque fois, comme les trucs quand t'es petit, les couleurs qui tournent dans un tube tu sais les morceaux de verre en forme d'étoiles, ou de ronds, qui te font penser à plus rien ça fait presque un peu peur ça te soûle et ça me plaît, d'avoir un peu peur, et d'être soûlé. Ça apparaît. Ça surgit le désir d'un homme, l'épaisseur dans le pantalon ça me plaît, cette bosse, c'est comme un mystère à chaque fois, d'où ça vient, qu'est-ce qui provoque ça, est-ce que le désir il est vers moi ou vers lui-même je me demande est-ce que son désir il va vers moi, ou il va vers lui, ça bande pour quoi un mec. Cette bosse qui tend le slip, qui déforme le pantalon, elle veut quoi cette bosse, elle vient d'où. C'est séparé le désir. La forme elle est séparée du type tu comprends, elle lui appartient presque plus c'est indépendant c'est libre, et tu vois, par exemple, les mecs nus ils me font moins bander que les mecs habillés c'est bizarre, la nudité ça m'excite moins, j'aime quand ils ont encore leurs fringues, pour baiser, pour voir ce gonflement, oui, la bosse qui gonfle dans le slip, qui déforme le slip. Ça déforme tout le désir, il dit Kévin. Ça déforme le regard, ça déforme la bouche, ça déforme ce que t'as dans la tête. Même s'il va pas vers toi ça se déforme vers toi, ça vient vers toi, ça grimpe, ça parle le désir. C'est vers toi ou ça pourrait être vers quelqu'un d'autre mais là c'est vers toi à ce moment-là, ça fait comme un appel. Comment tu peux résister à l'appel d'un homme, il dit Kévin. Comment tu peux résister à un homme qui bande dans son fute, hein, à son regard qui te voit comme du plaisir à venir, pour lui, peut-être pas pour toi parce que peut-être il s'en fout de ton plaisir et alors, mais comment tu fais. Je sais pas moi. Je peux pas. Ça me rend fragile le désir. Ça me happe. C'est comme un lasso qui me fait prisonnier. Qui me bloque. Qui m'offre. Le désir. La bosse volontaire. C'est double un homme, tu vois, c'est le corps entier, la tête, les bras, les jambes, et, à côté, c'est le désir solide comme une statue, comme du bois, comme une vie séparée, c'est deux choses séparées vraiment, le corps qui change pas, lui, qui change jamais, et le désir tout seul sur le corps, presque séparé du reste du corps, presque en dehors du corps il est le désir, de l'homme. Ça m'arrête le sang tu comprends, ça m'arrête le sang, ça le bloque dans les veines, c'est tout le mec qui est là, dans sa queue, qui est toute sa queue et presque rien d'autre que ça, sa queue, son regard froid et brûlant, sa voix froide et brûlante, c'est comme un puzzle il dit Kévin, tu vois plus que des parties de l'autre, comme un puzzle, une queue dressée, des yeux fous, une voix rauque, des mains qui te dirigent. Et j'aime ça. Le mec il est tout entier dans son désir, il est juste une queue avec des yeux et une voix. Toute l'énergie elle est là. Il s'arrête, il rouvre les yeux et il regarde le type, lentement, en entier. Il sourit. Il dit t'as une autre clope. Le type il donne une cigarette et il lui tend le briquet. Quand Kévin le lui rend, l'autre il allume sa cigarette aussi. Ils fument tous les deux, ils regardent devant eux. J'ai besoin du désir de l'autre pour désirer, il dit Kévin, peut-être je désire rien tout seul, peut-être je peux rien désirer tout seul. Le désir de l'autre il me cueille. Il me cloue. C'est comme une menace. Que tu veux fuir et que tu veux pas fuir. Qui te fait chaud. Qui t'ébouillante. Te brûle. C'est comme le premier soleil quand il est trop chaud il dit Kévin, tu le sens, quand t'es sur ta serviette et qu'il fait trop chaud tu cherches à partir et tu peux plus, il est là, t'es déjà allongé aussi dans ta tête, et la chaleur elle te prend et elle te bloque, elle te caresse, elle rentre en toi dans toute la peau c'est comme de l'eau bouillante et lente, très lente, ça fait comme de la lave qui descend lentement, tu peux pas l'éviter. Alors ça réveille tout en toi, et ça brûle. Ça remplace tout en toi. Ça occupe, ça remplace le sang, ça le brûle. C'est comme si ça réveillait ce qui est éteint depuis tout le temps, le désir de l'autre c'est comme le soleil trop fort ça te frappe, oui ça te brûle il dit, Kévin, parce que ça vient de l'extérieur, ça vient pas de toi, ça entre en toi mais ça vient pas de toi.

Le type il dit toujours rien, il a fermé les yeux. Il est près de Kévin à le toucher, mais il semble très loin, il dit rien, debout contre le mur, il fume, la cigarette aux lèvres, il a les mains dans les poches, et Kévin le regarde. Il dit s'il te plaît. Il regarde le type qui le regarde pas. Doucement, il dit caresse-moi la tête, il dit garde les yeux fermés si tu veux mais caresse-moi, moi aussi je fermerai les yeux, personne verra rien, juste on sentira. Alors le type, debout, alors il lui caresse les cheveux, doucement, comme on fait à une bête.

La première je m'en souviens presque pas, je m'en souviens parce que c'est la première alors je me souviens de son nom et de sa tête mais je me souviens même pas de comment c'était, tu vois. Je me souviens de la chambre, du lit, ça très bien, les draps, la couverture, je me souviens comment elle m'attendait sur le lit et comment je me sentais mal. Je me suis allongé en slip, près d'elle, j'aurais pas supporté d'être à poil, j'ai attendu qu'elle fasse quelque chose, j'avais envie de faire l'amour mais j'étais tellement pas sûr de moi, tellement mal quoi, j'avais envie de pas être là, de pas devoir passer par ça mais d'être déjà à la deuxième fois, la première fois ça fait peur, c'est pas la fille qui te fait peur bien sûr c'est de savoir si t'es à la hauteur, si ça lui fait mal quand tu rentres en elle, si t'es assez dur et si ça se dirige tout seul ou si tu dois aider à faire rentrer tu comprends, et puis à quelle allure tu dois aller pour lui faire du bien aussi, tu te poses plein de questions avant, des questions qui t'arrêtent mais elle s'en posait pas, elle, elle avait déjà fait l'amour deux ou trois fois on croyait, alors on croyait qu'elle savait, une fille de la même rue que nous, on la sifflait quand elle passait et on riait comme des cons, je sais même pas comment j'ai réussi pour qu'elle me regarde, ça devait être au café et j'avais bu pas mal, et bon, on est rentrés chez elle alors on a fait l'amour mais comme si ç'avait pas été moi, comme si je me regardais faire l'amour avec elle tu comprends, en m'appliquant, je me regardais faire l'amour, je me souviens même pas si j'ai eu du plaisir mais bon, c'était fait il dit, et il repose le verre. Il dit je l'ai pas aimée bien sûr, j'avais juste envie. Mais je l'ai pas aimée. On a même pas refait l'amour. Juste une fois avec elle, ce soir-là. Et la deuxième, c'est celle que j'ai toujours, la mère de nos enfants comme on dit pour trouver un truc à dire, de la femme avec qui tu vis, et que tu sais plus qui c'est, parce que je sais plus qui c'est. Je sais plus qui c'est, il dit. Elle avait déjà un gamin, un petit, ça s'est fait vite, je l'ai épousée mais j'ai jamais eu le temps de savoir qui c'est. Je sais toujours pas qui c'est. Moi j'étais encore en formation alors tu vois trouver un boulot, un appart, y avait tout ça à faire qui était du concret, qui était pas du sentiment, t'as pas le temps pour le sentiment. Et tu te mets à vivre avec quelqu'un que tu sais pas qui c'est, en fait. Tu penses que t'auras le temps d'apprendre à la connaître, que t'auras le temps d'apprendre à l'aimer, en fait tu sais pas ce que c'est l'amour, là, le truc avec un grand a. Si c'est un truc vrai qui arrive à tout le monde ou si c'est de la pub pour que les gens ils soient calmes, pour qu'ils pensent à ça, et pas à autre chose, pour qu'ils courent derrière ça qu'ils attraperont jamais, tu sais pas si c'est un truc vrai ou un truc réservé à pas beaucoup. Et pas à moi. Peu à peu tu te dis ça que c'est pas fait pour toi, ou que ça existe pas. Au début tu cherches à connaître l'autre, t'essaies de parler, de savoir ce qu'elle a vécu, tu parles tout le temps, t'as plein de choses à raconter et tu te dis que tu vas pouvoir parler tous les soirs avec la même personne, que c'est doux comme truc, que t'auras de la tendresse de toute façon, que même si l'amour ça dure pas après il y a la tendresse, puisque tu connais l'autre, puisque t'as tout vécu avec l'autre, et puis au final il dit. Au final, t'as eu des enfants tu sais même pas comment ils ont grandi, ta femme elle est fatiguée parce qu'elle s'occupe de la maison et des gamins, tu la regardes et tu sais toujours pas qui c'est, c'est peut-être quelqu'un qui est le contraire de ce que tu croyais quand tu l'as connue, mais tu croyais quoi tu sais plus, tu sais pas ce que tu croyais et ce que t'attendais, juste t'es là avec elle, t'es dans le même lit, t'as jamais parlé vraiment et puis pour dire quoi, hein, la trouille que t'as tout le temps de garder ton boulot, d'avoir ton salaire, de pouvoir élever ta famille tu peux pas dire ça, c'est pas des sujets pour s'aimer ça, alors t'as jamais parlé avec, et tu vis à côté, en fait tu manges à côté et tu dors à côté c'est ça vivre avec l'autre quand tu travailles, c'est ça aimer, quand tu sais pas si ça va durer ton travail et de toute façon faut que tu payes les traites de l'appart, faut que tu payes les courses, faut que tu payes les fringues de tes gosses que tu les vois même pas, d'abord ils sont petits et puis ils sont grands ça vient d'un coup, tu te dis putain j'ai vécu quoi hein, j'ai vécu quoi, ce qu'y a dans les magazines et dans les films j'ai vécu quoi, j'ai pas vécu ça moi, l'amour c'est la drogue qu'y a eu pour nous, qu'on nous a fait lorgner à notre époque comme une drogue que t'as jamais assez, que t'achètes toujours très cher, aujourd'hui ils ont l'herbe et la coke et ça coûte très cher aussi, c'est pareil, c'est à chacun sa façon de croire à quelque chose tu vois, un hochet pour les gens, et peut-être que ça existe même pas l'amour, c'est comme Dieu, peut-être ça existe pas, et que c'est ça qui est dur, que ça existe pas, que rien existe, qu'y ait juste des descentes.

T'as rien vu venir elle demande Monique, je sais pas moi, y a pas eu des signes, des choses graves, peut-être vous vous êtes engueulés elle dit doucement, ou un truc dans son travail elle dit doucement, un truc avec les enfants, je sais pas elle dit Roberta, j'ai rien vu. D'un autre côté, est-ce qu'il y a des trucs à voir tu comprends, tu peux pas être toute ta vie à regarder comment il vit, si il va bien ou si il commence à pas aller bien. Et puis après si tu vois depuis quand il va pas bien tu cherches pourquoi et tu cherches pourquoi à cause de toi il irait pas bien, c'est toujours ta faute tu te dis, mais quelle faute, tu te dis aussi. Hein. Quelle faute. Je sais pas. J'arrive plus à savoir. T'as pas le temps de savoir. Non plus. Parce que tu vis aussi. T'essaies de vivre tous les jours. T'essaies d'être comme tout le monde. De te regarder dans la glace et de te reconnaître dans la glace au moins un peu, juste un peu. Et puis t'as des choses à faire tous les jours, pour toi, aussi, même si t'as plus le temps, même pour toi, même si regarder les étiquettes sur les conserves ça te prend du temps c'est pas comme ceux qui achètent sans regarder les prix ils s'en fichent ils reviennent avec des caddies à deux cents ou trois cents euros ça va vite, ils s'en fichent, alors ils ont le temps de se regarder dans une glace, eux, et de regarder l'autre tu comprends. Je sais pas. Peut-être c'est arrivé quand Kévin il a pris le studio. Quand il est parti l'an dernier. Ça l'a changé Daniel, j'ai bien vu, je sais pas pourquoi parce que c'est même pas son fils, mais ça l'a changé. Pourtant tu te souviens comme il était dur avec Kévin, hein, il le tenait plus que les autres, il le surveillait plus. Il me disait que c'était pas bien comment je l'élevais, et tout ça. Alors qu'avec les autres, non, même avec Frank et son asthme il a pas été tendre. Avec Kévin, oui. Je crois bien qu'ils se sont engueulés, mais je sais pas, en vrai. Ou alors c'est quand ça a commencé à aller pas bien au travail ça j'ai senti que ça allait pas bien au travail, mais bon, aujourd'hui c'est partout pareil, hein, y a que pour ceux de la télévision que ça marche bien, et ceux de la politique, les autres ils ont pas d'argent. Faut faire avec. Alors la vie elle passe comme ça et tu la vois pas passer, à chercher les prix pas trop chers, à chercher où trouver de l'argent, à avoir peur de plus en avoir parce que y a plus de travail et à être tellement content quand t'en as que tu oses plus souffler, ou faire des vagues, ou rêver, tu gardes ton travail et tu t'accroches à ton travail, tu fais pas de bruit, t'essaies de pas faire de bruit histoire qu'on te remarque pas, que le chômage il te remarque pas et que les licenciements ils t'épargnent, tu vois, même quand t'as du travail t'as peur de plus en avoir alors le temps pour le reste, tu parles, le temps pour savoir si tu vas bien, ou si Daniel il va bien, tu le trouves où, je sais pas. On se voit plus elle dit Roberta. Même pendant les six mois qu'il était là on se voyait pas, il disait rien. T'essaies de parler, toi, tu dis des trucs de tous les jours, t'essayes, au début t'essayes et puis après quand tu vois que t'as pas de réponse, aucune réponse, t'arrêtes, tu sais plus, ça te bloque. J'ai cru que j'allais devenir folle je te jure, complètement folle. De sa tristesse aussi. De pas pouvoir l'aider. D'être bonne à rien quoi, tu te sens bonne à rien, je sais pas, t'as envie qu'il crie, au moins ça, qu'il casse un truc, ou que toi tu cries tu te dis je vais crier. Mais non, rien. Ça reste dans ta gorge. T'as l'impression qu'il attend. Quoi, tu sais pas, mais il attend. Tu sais rien. Ça te fait comprendre que tu sais rien, ni de toi, ni de lui. Alors tu le laisses attendre. Tu peux plus. Y a un moment où bon tu peux plus. T'as la vie qui continue à côté, les gamins, le linge, même si les jumeaux ils sont plus là t'as le linge, t'as quand ils viennent manger, t'as Kévin qui passe. Monique elle tapote la main de Roberta, elle la caresse, elle la frotte, elle dit mais y a rien eu de grave entre vous, je sais pas, une dispute, quelque chose, ou au lit, tu sais moi avec Richard ça arrive les disputes et on se tait pendant des jours, même que c'est pas si désagréable tu vois, on se guette, on s'observe, on se tait et puis on se retrouve. Non elle dit Roberta, on s'est même jamais disputé avec Daniel, même ça on a pas eu le temps, elle sourit, c'est vague comme sourire, même c'est du sourire qui fait plutôt mal à regarder.

Engagez-vous qu'il disait, rengagez-vous, t'as quand même une drôle de tronche en pioupiou il dit Jérémy et il rit. T'es en perm il dit, t'aurais pu m'avertir mais putain c'est trop bien, on va faire une méga teuf, t'es là jusque quand. Fred il rit, il dit crétin va, il dit oui, il dit trois jours, il rit encore, il pose son barda sur le lit, il dit pousse-toi un peu, ô futur chômeur. Il s'assied, il dit t'as pas un peu d'herbe, je suis crevé, allez hop pousse tes fesses de branleur. Ben tu parles il dit Jérémy, de la top, on en a fumé avec ta sœur elle est trop bonne tu vas voir. Ma sœur ou l'herbe il demande Fred. T'es con, mec, l'herbe bien sûr, y a aucune fille qui vaut un joint. T'as raison il dit Fred, et il s'allonge à côté de Jérémy qui roule le pétard. Ouah il dit, c'est quand même bon de se retrouver chez soi, un peu tranquille, et d'ailleurs, y a pas de problème avec le studio, ça va. Arrête il dit Jérémy, tu vas me faire pleurer, l'amiral fait le tour du monde sur son yacht, l'amiral a une fille dans chaque port, et il est content de retrouver son 25 m^2, tu me fais mal connard. Fred il rit, et puis il répète mais sûr, pas de problème avec le studio. Non, pas de blème, t'inquiète, tu le récupéreras comme tu l'as laissé. Bof, il dit Fred, je dis ça mais tu sais je vais peut-être continuer l'armée, au moins t'es sûr du boulot, là t'as pas de plan de dégraissage et tu bouges, j'aime bien bouger. Jérémy il allume le pétard, il tire deux, trois taffes, et il le tend à Fred qui tire deux, trois taffes. Quoi de neuf, sinon, il dit Fred. Ben justement, il dit Jérémy, ça y est, ton père et le mien ils sont au chômage, ça fait six mois maintenant. Il reprend le pétard, il tire dessus. Ah, il dit Fred, lentement. Jérémy repasse le pétard et il dit et puis ta sœur elle commence à me gonfler. Pendant longtemps ils regardent le plafond, comme ça, allongés sur le lit sans rien dire.

Richard il est plus calme maintenant, il a moins besoin de se prouver des choses. Ça arrive encore de temps en temps mais bon, c'est quand il est sur les routes, il a toujours été sur les routes et moi sur les routes je veux pas savoir ce qu'il fait c'est pas chez nous. Du moment qu'il revient pas avec quelque chose, une maladie ou un bambin c'est pas grave. Il revient. Et même ça, les tournées sur les routes, maintenant ça le rend plus tendre. Tout le temps qu'il revient il est plus tendre, je sais bien que c'est pour se faire pardonner ou pour se cacher derrière la gentillesse, et en même temps peut-être c'est pas ça du tout, peut-être il est simplement plus tendre, peut-être il vieillit, peut-être il renonce. Je veux plus me poser de question elle dit Monique, ça m'a trop fait souffrir alors je veux plus.

Tu m'as jamais rien dit elle dit Roberta.

Les premières fois elle continue Monique, et elle prend une cigarette dans son sac, elle l'allume, j'ai cru que j'allais crever elle dit, mais vraiment crever. Je le montrais pas et je le disais pas mais jamais je veux revivre ça et je le souhaite pas à mon pire ennemi ou je le souhaite à mon pire ennemi justement. L'espèce de doute que t'as. D'abord c'est juste ça, un doute, des soupçons sur rien, et après, la jalousie elle arrive et elle te prend et elle fait le travail tout seul, elle a besoin de rien, elle a besoin de toi, de ta fatigue, de tes doutes, juste du temps qui passe entre toi et l'autre. Juste je le sentais plus éloigné Richard, alors je me disais qu'il avait quelqu'un d'autre, il était absent plus souvent, il changeait de pantalon avant de ressortir et en même temps ça lui arrive souvent aussi, les dîners avec les représentants et il peut pas sortir avec le pantalon qu'il a toute la journée dans la voiture, mais bon, il parlait moins, il revenait plus tard, il était loin dans le lit, aussi, des riens quoi, tu vis pas des années avec quelqu'un comme tu vis les premiers mois, c'est des riens qui arrivent et puis que tu remarques parce que t'es fatiguée un jour plus qu'un autre et que tu les remarques plus ce jour-là plus qu'un autre, tu les additionnes, et la jalousie elle fait l'addition alors ça te quitte plus le total, quand elle est rentrée ça te quitte plus, ça rentre comme ça parce que t'es fatiguée, peut-être aussi parce que tu doutes de toi, tu te sens pas bien, pas bien aimée non plus, alors ça arrive et ça ravage tout elle dit Monique et elle jette sa cendre. T'as pas un verre elle dit, au milieu du geste. Tu veux quoi elle demande Roberta. Un truc fort elle dit Monique. Roberta elle se lève et elle prend une bouteille dans le placard, deux verres, elle les remplit, elle se rassied.

Le total il est devant tes yeux, tout le temps ça clignote devant toi et Richard il pouvait plus rien faire sans que je le soupçonne elle dit Monique, après une gorgée, elle dit c'est fort, elle rit un petit peu, elle dit oui c'est fort, ça fait du bien, elle frissonne, elle repose le verre et fume une bouffée. Rien elle dit, tu comprends, il pouvait rien faire. Elle rejette la fumée. En même temps si, il pouvait faire des choses, c'est ça que tu penses, qu'il te prenne dans ses bras, qu'il te dise qu'il t'aime, des choses comme ça, simples d'habitude mais soudain elles sont compliquées tu les sens loin de toi, à des années de toi. Et y a plus ces gestes simples. Tous les gestes maintenant ils sont suspects. Ceux de tendresse que tu prends comme de la charité, et ceux de froideur que tu prends pour la réalité, tout devient menteur et te dit ce que tu veux, les sourires qui peut-être sont narquois, les silences qui peut-être sont juste de fatigue, tu sais plus. En même temps, si t'as des doutes c'est pas gratuit non plus, c'est que l'autre s'éloigne hein, t'es pas folle non plus. Elle fume. Elle rejette la fumée avec la tête en arrière. Il s'éloigne pour toi ou pour quelqu'un d'autre, forcément elle dit Monique. Et la jalousie, c'est comme un sursaut tu vois, c'est toi qui réagis parce que tu te sens plus aimée. C'est ton estomac qui parle pour toi, comme un signal d'alarme, ça déclenche tout et surtout tout le mal. Alors c'est vrai ou c'est pas vrai, ça a pas d'importance au final, puisque pour toi c'est vrai. T'es en enfer puisque tu crois être en enfer. Ou plutôt, par moments t'es en enfer, et par moments non, elle dit. Elle fume, elle rejette la fumée. C'est pire elle dit. Toutes les pauses, dans la jalousie, elles te font plus amoureuse et après tu retombes encore plus bas. Tout te ronge, et t'as l'impression que tu vas crever, c'est une trahison que tu crées peut-être toute seule, et qui te ravage, ou peut-être c'est une trahison que tu vois enfin, et qui te ravage, tu sais plus. Tu deviens folle c'est tout. J'ai cru que j'allais crever. Dans ce silence.

Pourquoi tu m'as pas parlé elle demande Roberta, et elle allume une cigarette aussi, elle boit aussi et elle prend la main de Monique. T'es loin elle dit Monique. On a nos vies, nos problèmes. Karine et toi c'est pas pareil vous êtes presque voisines vous pouvez vous parler, mais moi je suis loin. Alors on se parle quand, hein, à Noël, à l'anniversaire d'un de tes gosses ou d'un des siens, quand est-ce qu'on peut se parler hein. Elle fume. Elle rejette la fumée. Elle reprend une gorgée d'alcool et frissonne encore un peu, elle se caresse les bras. Elle respire.

J'osais plus lui parler elle dit. T'oses plus parler à personne, à qui. J'attendais qu'il dise quelque chose, qu'il ose dire quelque chose, et en même temps je redoutais ça, qu'il dise quelque chose, tu sais quand t'as pas d'enfant le lien il est encore plus fragile. Tu sais qu'il y a aucune raison pour que ton homme il reste, il peut aller ailleurs, y a même pas ça qui le retient, quand ça les retient. Y a plus rien qui retient. Même pas la gentillesse, le sourire, rien de toi, rien de ce que t'es, juste l'image. Et le mariage même à l'église c'est de la foutaise c'est comme la vie, tout est comme la vie maintenant, tu sais pas ce que ça sera demain t'as aucune certitude, qu'est-ce que tu peux bâtir. Tout est sur le désir maintenant. On est tous comme des voitures, comme des machines à laver ou des télévisions on en change quand on en a marre, quand on a assez d'argent pour en changer. C'est pas toi qui existes, tu sens ça, c'est ta robe, tes fesses, ta peau bien lisse, tes seins. Y a plus de raison de s'encombrer de l'autre si l'autre t'ennuie, c'est ça qu'on te fait penser. Et les hommes ils changent aussi elle dit, ils se sentent plus attachés, plus obligés, c'est fini. Alors t'as peur. T'as peur qu'ils trouvent mieux que toi, qu'ils soient mieux ailleurs. Tout le temps t'as peur alors tu deviens plus laide, plus inquiète, et la jalousie elle rentre. Mais bon, elle dit, c'est ta faute et c'est celle de l'autre. C'est comme ça. À qui tu peux en vouloir. À qui hein. À la vie. Cette fois-là, c'est à moi que j'en ai voulu. C'était la première fois. Et on a parlé. Je lui ai dit Richard faut qu'on parle, en disant ça tu trembles de tous tes membres tu te dis que ça va casser, qu'il va zapper sur l'autre chaîne parce que la vie elle te donne l'impression que tu peux zapper mais bon, en même temps tu peux pas ne pas parler. Tu peux plus. Je lui ai dit Richard je suis jalouse et le mot est tellement bête, il te réduit tellement, tu te sens niée si loin que c'est difficile de dire le mot. Je lui ai dit je sais pas si c'est pour des bonnes raisons et je veux pas savoir, je veux juste te dire ce que ça me fait ressentir, juste ça, juste te dire comment ça me fait te voir, juste ça, je veux pas savoir si t'as quelqu'un d'autre, ça c'est ton problème je veux juste te dire qui je suis, là, maintenant. Et lui il a souri. C'était au tout début. Ça faisait pas deux ans qu'on était ensemble. Pas deux ans. En même temps deux ans ou six mois, ou quinze ans bon, y a pas tellement de différence. Et il a souri. Et tu sais pas si c'est de la tendresse ou de la moquerie elle dit.

Pourquoi t'en as jamais parlé elle demande Roberta.

Monique elle rit un peu mais c'est forcé comme rire. Elle reprend une gorgée. Elle écrase sa cigarette et en rallume une autre. T'oses pas elle dit. T'oses pas en parler. À qui. T'attends que ça passe, tu penses que ça va passer, que c'est toi qui t'es trompée, tu rêves encore, t'as tellement envie que ça soit pas vrai, juste un mauvais rêve qui te prend le soir et s'en va le matin. Alors tu parles pas elle dit. Et puis à qui, hein. Elle fume Monique. Elle rejette la fumée. Et puis qu'est-ce que tu peux dire hein, que t'as peur d'être trompée, que tu te sens ridicule, humiliée, que tu te sens trahie. C'est bon pour les films ou les livres, la douleur, c'est pas bon pour toi et pour les autres, ta famille, ou les gens que tu connais. Si tu dis ça t'es plus parmi les gens normaux, tu passes de l'autre côté aussi et leur regard il te fait passer de l'autre côté aussi, et jamais plus t'en sors de l'autre côté du bonheur. T'es bloquée de l'autre côté du bonheur, de ce que les gens ils croient le bonheur, on te plaint et on pense à toi comme à une malheureuse. Les gens ils aiment pas le bonheur elle dit Monique, et elle fume. Ça les rend jaloux, ils guettent tous quand tu tombes parce que jamais ils supportent le bonheur des autres, ça leur montre trop qu'ils sont pas dedans. Personne est dedans. Alors ils aiment quand t'es tombée aussi, quand t'es faible aussi, c'est tout ce qu'ils aiment juste le moment où t'es tombée, ils te plaignent, et puis après ils s'en foutent elle dit. Elle fume. Elle recrache la fumée, elle jette la cendre. Non, tu peux rien dire, tu vis dans un monde où si y a quelque chose qui va pas faut le cacher tout de suite, faut bétonner, masquer, maquiller, c'est comme le cancer ou l'infirmité ou le chômage c'est pareil, c'est des choses que tu dis pas, ou alors tu passes de l'autre côté. Faut faire semblant Roberta, faut toujours faire semblant, pour l'argent, pour l'amour, pour la vie. Faut mentir, et peut-être qu'à force de mentir tu y crois toi-même à ton mensonge, et que tu vis bien avec ton mensonge. Sinon c'est la pitié, et la pitié elle te fait honte, et tu deviens la honte qui rassure les autres, qui leur montre qu'eux ils sont moins bas que toi. Jamais faut dire que t'es malheureuse, parce qu'à le penser tu le deviens aussi, jamais tu peux te permettre ça, et même pas de l'être vraiment parce que quand tu l'es ça se voit même si tu masques, y a un moment où le maquillage il coule, t'as pas le droit d'être malheureuse Roberta, aujourd'hui c'est fini ça existe plus, y a plus le temps et ça va pas avec l'allure du monde. T'as plus le droit d'être dans le malheur elle répète. Non. C'est pas bon pour le teint elle dit en riant, elle boit trop vite et elle recrache l'alcool, elle s'étouffe, elle dit ah c'est quand même bon de rire, elle rit aussi, et elle pleure au milieu et elle rit.

C'est depuis que je suis petit que ça me tient, l'idée, l'envie, d'être pute, je peux pas te dire depuis quand c'est mais c'est depuis que je suis petit, l'envie d'être sous les hommes, c'est le seul truc qui me raccroche au monde, leur poids, sinon je m'envole tu vois, dans la tête je tiens pas au sol, j'ai l'impression d'être un ballon avec une ficelle et tout le temps je suis en l'air à flotter et bouger à cause du vent, sauf quand j'ai un homme au-dessus de moi, qui me fixe au sol ou au mur, c'est le seul moment où je sens la terre, où je sens que je peux tenir sur la terre et tout le temps après pendant des jours ça me fixe, j'arrive à tenir et à pas m'envoler, mais de moins en moins longtemps maintenant, au début c'était pendant des semaines, je me sentais lourd du poids de l'homme, comme si j'emportais son poids en dedans, en moi, tout son poids, et son jus chaud, épais, même je comprends les filles qui veulent des gosses tout le temps pour ça, pour le poids que tu prends d'être fécondée, qui te maintient les pieds bien par terre on appelle ça la gravité dans les livres et moi j'ai compris tout de suite que j'ai pas de gravité tout seul, sans les hommes, avant les livres j'ai compris ça depuis que j'ai de la mémoire je voulais être pute, oui, avant l'idée de la gravité, je savais pas pourquoi mais je voulais des hommes sur moi, leur chaleur, leur souffle, et le grognement quand ils jouissent avant le silence brusque, je rêvais à ça, le coup de reins final qui se vide, et quand t'es un garçon qui rêve des hommes t'es une pute il paraît, on appelle ça comme ça aussi, comme les putes dans la rue, mais ça me fait pas peur le mot pute, et puis je prends pas d'argent, je suis pute parce que je couche avec des mecs et que j'aime ça, et puis d'ailleurs c'est quoi la différence entre une pute et les autres gens c'est l'argent, ou c'est le nombre, y a pas de différence moi je pense, c'est ceux qui s'emmerdent qui les traitent de putes, ceux qui vivent pas mais les envient forcément tu envies les putes, à un moment ou à un autre de ta vie tu rêves d'être pute, d'avoir toujours des queues en toi, de pas avoir à choisir, de pas avoir à attendre, d'être tout le temps bourré, limé, fourré, ou alors ils flottent pas ceux qui les envient pas, peut-être ils sont bien les pieds sur terre et jamais ils volent, jamais ils se détachent du sol à avoir la nausée dans la tête et ils savent pas comment tu peux flotter, que ça arrive à des gens, que ça m'arrive à moi, tout le temps, je marche et je me dis que je vais pas tenir sur le sol, dans ma tête et dans ma vie, alors il faut que je couche avec un homme, sous un homme, qu'il me couvre, qu'il me retienne, c'est comme si en couchant avec eux, sous eux, j'essayais de leur voler un peu de ce poids des autres, parce que sans eux j'ai pas de gravité et c'est comme les ballons des gamins qu'ils lâchent, tu sais, dans la rue ils font pas attention et le ballon il s'en va, ça les fait rêver les gamins, pas tous, y en a qui pleurent, mais d'autres ils sont contents en général, de voir s'envoler le ballon, ils rêvent et ils se demandent où il va, jusqu'où il va, ils lui souhaitent bon voyage, peut-être jusqu'aux étoiles et tout ça mais moi ça me faisait pleurer, ça m'a toujours fait pleurer les ballons qui s'envolent, ils sont seuls dans tout ce vide à aller de plus en plus haut ils se perdent, de plus en plus seuls ils sont aspirés par le vide, et moi je rêve de tenir au sol, d'avoir les pieds dans la boue bien sentir que je peux faire un pas, deux pas, marcher sans décoller du sol tu vois, avancer sans flotter, être fixé, planté par un sexe d'homme, oui, maintenu. Quand je me fais baiser, que le mec est en moi, qu'il me fouille avec sa queue, qu'il me remplit, que je sens ses jambes entre les miennes, son ventre sur mon ventre, ou sur mon dos, ses bras autour de mes bras, je me sens plein, enfin je me sens plein, entier, j'essaie de bouger et je jouis de pas pouvoir bouger sous lui, qu'il me tienne, qu'il grogne, qu'il me tienne tu comprends, j'essaie de bouger un tout petit peu mais il me bloque, ou j'essaie de bouger beaucoup, de ruer, de le soulever, et il me rabat comme une feuille, comme une pierre sur une feuille ou une épingle au milieu du papillon, quand j'étais petit j'aimais piquer les papillons, en plein centre du corps, ils sont ouverts les papillons, écartelés avec les ailes on dirait les deux bras et les deux jambes d'un être humain et je pensais que j'étais cet être humain enfin fixé sur un carton, sur un lit ou sur le sol, sur un mur, je voudrais vivre comme ça tout le temps avec un homme en moi comme un pieu, même quand il me baise pas et qu'il est sur moi, juste son poids qui me maintient ça me rend fort, ça me remplit. Un jour y a un mec sur mon dos, bien large le mec, bien solide, il m'a baisé longtemps, il a joui longtemps, par saccades, et il s'est endormi en restant en moi bien profond, bien à fond, ses couilles contre mes fesses, je le sentais sur tout mon dos, et dans mon dos, dans mon ventre, sa queue encore raide qui battait par à-coups dans mon cul et il ronflait doucement, il dormait en moi, son jus pénétrait en moi lentement, je pouvais pas bouger, il était trop lourd et je pouvais pas bouger et rien qu'en bougeant pas, rien qu'avec son poids sur moi et son poids en moi, j'ai joui comme ça, sur le drap, sous moi, j'ai joui pendant qu'il dormait en moi, sans bouger pour pas le réveiller, pour qu'il reste le plus longtemps possible en moi, peut-être toute la vie il aurait pu rester en moi, peut-être même il aurait pu mourir en moi, alors je l'aurais gardé.

Non, c'est fini il dit le serveur derrière le comptoir, faut payer maintenant, vous avez assez bu c'est pour vous que je le dis, là c'est bon. Ça va pas il demande le type, on paye alors on peut consommer non, on est en démocratie merde, arrête il dit Daniel, ça vaut pas le coup laisse tomber, quoi arrête il dit le type, il pue notre fric ou quoi, on va pas avec la vitrine c'est ça on jure, allez ressers-nous il dit au serveur et ferme-la c'est tout ce qu'on te demande. Arrête il dit Daniel, il essaie de prendre le bras du type, l'autre il se dégage, il dit eh merde, ça va là, on est pas soûls et on a le droit d'être servis parce qu'on paye, non, alors tu nous fais pas chier le loufiat et tu nous sers t'es là pour ça. Tu calmes ton copain il dit le serveur à Daniel. Ou j'appelle les flics, c'est clair. Ouais ouais il dit Daniel, arrête s'il te plaît, il dit au type. Mais c'est quoi ce bordel il dit le type, merde, on peut plus boire comme on veut faut un costume cravate et montrer sa fiche de paie, c'est ça que tu veux le loufiat. Allez, giclez avant que je m'énerve, il dit le serveur, il s'essuie les mains sur son tablier et il prend le téléphone. Tu calmes ton copain ou j'appelle les flics il répète à Daniel. Putain de fasciste il dit le type, c'est tous pareils les barmen, les buralistes, les taxis, c'est rien que des putains de fachos de merde, t'as voté Le Pen hein il dit le type je parie, t'as la gueule à ça la bonne gueule de con. Le serveur il repose le combiné et il sort une batte de base-ball de sous le comptoir, des poivrots comme vous j'en sors tous les jours il dit, des ratés, des rebeus, des blacks complètement paumés je leur agrandis le sourire alors vous sortez le fric ou je me rembourse sur les dents en or. Daniel il dit rien. Il regarde fixement devant lui, y a comme un truc arrêté. L'autre il dit pauvre larbin, t'es rien qu'une merde mais il fouille dans ses poches, il sort des billets, ça fait combien il bafouille, cinquante euros il dit le serveur, eh tu plaisantes il bafouille le type, Daniel il dit toujours rien, dix demis chacun il dit le serveur ça fait cinquante euros c'est tout alors dépêche de poser tes biftons, et cassez-vous. Le type il compte les billets, difficilement, il les fait tomber, se penche pour les ramasser mais il tombe aussi et reste affalé par terre, Daniel il regarde devant lui et il bouge pas. Le serveur il fait le tour du comptoir, il se penche pour prendre les billets, il a sa batte de base-ball sous le bras, il les plie, il les range dans son tablier et il retourne derrière le comptoir, mais juste avant il enjambe le type et il lui lance le pied dans les couilles, pouilleux il dit, pauvre alcoolo, il dit allez cassez-vous saletés de parias, Daniel il est toujours immobile, le type il gémit, il se tord à quatre pattes et il commence à ramper vers la sortie comme ça, à quatre pattes, Daniel il bouge pas, tu te casses poivrot il dit le serveur et il lui passe la batte de base-ball sur la joue, il sourit, barre-toi pauvre mec, j'ai pas envie de te faire du mal c'est même pas excitant, allez barre-toi il dit, il dit mais tu pleures on dirait, tu chiales comme une gonzesse, et il passe son doigt sur la joue de Daniel, et puis il lèche son doigt, mais ouais il chiale il dit, alors il rigole, allez casse-toi mec, moi je frappe pas les femmes. Daniel bouge pas. L'autre, à quatre pattes, il se traîne vers la porte, au milieu des chaises. Tu te barres il dit le serveur. Il approche son visage du visage de Daniel, tu te casses. Il a son nez prêt à toucher le nez de Daniel. Il lui souffle dans la gueule. Tu comprends pas on dirait, il dit doucement. Il sourit. Doucement il tend son bras et doucement il fout sa main sur la gueule de Daniel, c'est entre la caresse et la gifle, juste entre les deux, et il rit. Daniel il reste au comptoir, comme s'il avait rien senti il reste là. Le mec il gémit en se traînant à quatre pattes, il atteint la porte et l'ouvre alors Daniel il décolle, à cause du bruit de la porte, il rejoint le type, ils sortent, la porte elle se referme. Juste Daniel il prend le bras du type et le soulève, il l'aide à se lever mais sans le regarder il regarde devant lui et le type se relève, plié, il marche doucement au bras de Daniel qui dit rien, juste qui chiale comme un petit, ça coule sur les joues.

J'ai envie d'autre chose, c'est pas contre elle que je dis ça tu comprends mais j'ai envie, je sais pas moi, ça fait un peu con à dire mais de vivre, peut-être, ouais de vivre, de me sentir vivant, j'ai envie de vivre, voilà. Parce que j'ai pas l'impression de vivre. Elle comprendrait pas, ça, de toute façon je lui en parle pas c'est pas précis à dire, c'est pas des mots faciles à dire elle prendrait ça contre elle et de toute façon comment t'expliques ça à ta copine, que t'as besoin d'air, de trucs qui te font battre le sang, c'est des trucs que tu peux pas dire et tu sais pas vraiment toi-même comment les dire, sans être négatif, sans lui paraître injuste ou méchant, alors que c'est pas contre elle, c'est pas contre quelqu'un, c'est contre toi d'abord, t'as juste l'impression que c'est parti comme ça pour la vie, pour toute la vie, tu te dis elle va être comme ça ma vie, et pas autrement, et ça te fait chier, t'imagines ça, te dire ça y est c'est parti et c'est comme ça pour toute la vie, et qu'est-ce qu'il va y avoir de plus dans ma vie, hein, on va faire des mômes, on va regarder les mômes grandir et puis quoi, le pavillon, les vacances au camping, putain, ça m'angoisse trop tu comprends. J'ai l'impression d'être déjà crevé si c'est ça ma vie. Elle y peut rien Sandrine. Mais elle est dans cette vie-là tu vois, dans la vie avec les mômes et le pavillon ou l'appart avec plantes vertes, un caoutchouc dans le coin du salon, c'est pas sa faute, mais moi je veux pas ça, je peux pas. Le buffet avec la vaisselle, la télé, le magnéto. C'est pour tuer les gens, ça. C'est pour tuer la vie. L'idée de la vie. On nous tue l'idée de la vie. Quand je vois tous les cons à la formation qui se préparent cette vie-là, tu vois, avec le pavillon et les vacances au camping, les gamins, tu les regardes assis à leurs tables, ils écoutent bien le prof pour avoir leur brevet de merde qui leur donnera une vie de merde, ça me fout la trouille Fred, ça me fout la trouille. Leur espèce d'esclavage. Cette soumission. Leur oubli de la vie. Déjà ils sont castrés les mecs. Ils ont peur de louper les exams, de louper les embauches, de louper les boulots et d'être virés et tu comprends que c'est dès qu'on est à l'école qu'on nous apprend qu'on peut être viré, c'est tout ce qu'on t'apprend à l'école, que tu peux être viré, de la classe, viré de la formation, du boulot, on t'apprend juste à avoir peur pour obéir, à être bien docile, de la chair à boulot pour des salaires de merde et des vies de merde, moi en un jour je me fais leur futur salaire de merde en même pas un jour si je veux et me dis pas que c'est illégal, toutes les conneries comme ça on en à rien à foutre, de ce qui est légal ou pas légal est-ce que c'est légal de crever la misère et de remercier parce qu'on crève la misère, hein, et c'est légal d'être mort avant même de vivre, hein. Je change Fred tu comprends, j'ai changé, je veux pas ça, il dit Jérémy. Je peux pas.

Regarde ton père et le mien, virés comme des malpropres, c'est la vie qui les tabasse et ils osent plus ouvrir le bec, ça fait depuis la naissance qu'ils ouvrent plus le bec, après le premier cri à la naissance y a plus rien, on t'apprend à te la fermer, à te tenir, à répondre quand on te le demande. Mais ça va pas la tête. Tu nous vois vivre ça, c'est ça qu'on va vivre hein, dis, c'est ça qu'on doit trouver normal. Y a du fric partout, mais pas pour nous c'est ça. Et à côté on te montre des pétasses et des connards à la télé qui jouent à des merdes débiles et qui se font du blé dans des merdes débiles mais toi non, toi t'es juste de la chair à boulot, de la chair bien préparée à la peur et au silence, juste bonne à obéir et à rêver au loto, à dépenser son fric au loto, à boire des coups en remplissant les grilles du loto, et à rentrer bourré par la bière et la fatigue, il dit t'as vu ton père. T'as vu le mien il demande, et il passe le pétard à Fred. Moi je vivrai pas ça, c'est tout. Je supporterai pas ça. Si on peut plus rêver avant la vie à quel âge tu rêves hein, moi je veux pas de ces rêves de ploucs, de leurs rêves de compte-retraite et conventions obsèques putain toute ta vie tu la vis à préparer ta mort c'est ça, le rêve qu'on nous laisse. Préparer. Faut tout préparer. Dès que t'es né tu prépares ta vie et quand tu vis tu prépares ta mort putain ils se foutent de nos gueules, ils nous prennent pour des cons, Fred. Ils te laissent boire parce que ça leur rapporte du fric, ils te laissent fumer parce que ça leur rapporte du fric, ils te font bouffer des merdes parce que ça leur rapporte du fric, tout le fric c'est pour eux parce que les pauvres y en a plein et ça rapporte du fric si tu les diriges bien, les pauvres, si tu diriges leurs rêves, si tu leur dis qu'il faut acheter cette merde ou cette merde. T'es pas là depuis longtemps Fred, t'as oublié, toi tu voyages, toi tu vois des gens ils sont dans d'autres rêves. Ici, le rêve c'est le même pour tout le monde. Le pavillon, le camping, le caoutchouc dans le salon ou le yucca. Même Marc et Allan, tu te souviens de Marc et Allan, eh ben ils courent après le jogging Lacoste c'est le seul truc qui les fait courir, avoir le jogging Lacoste, la casquette Vuitton, tu les verrais c'est des lampadaires les mecs avec les gourmettes, les chaînes, même Marc et Allan ils sont devenus cons comme les autres. Tout leur blé il part là-dedans, t'as la honte pour eux. Merde. Même les filles ils les regardent plus ils se regardent eux avec leurs chaînes et leur jogging Lacoste et leurs bagouses, et une fille au bras, faut juste qu'elle aille avec le jogging Lacoste, la fille, après tu la changes si tu changes de jogging. Le vendredi et le samedi c'est la virée dans les bars, les trucs branchés à la con, ils ont même pas le plaisir c'est juste que c'est branché. Ils se mettent grave et puis ils rentrent, ils se font arrêter par les flics parce qu'ils sont pétés, ça c'est pour quand t'es jeune. Après quand t'es plus jeune tu te la boucles. En fait tu l'as jamais ouverte. T'es avec ta meuf elle est devenue comme les autres meufs elle est plus sexy ni rien et c'est même pas sa faute. C'est pas la tienne non plus. Juste c'est comme ça. Comment tu peux aimer quelqu'un toute ta vie, hein, comment. C'est déjà bien si t'as pu aimer un moment, si déjà t'as pu ça. Et si t'aimes plus ta nana c'est même pas qu'elle a changé, c'est que toi t'as changé, t'es déjà plus le même qu'hier alors t'imagines après une vie, même après trois ans, même après un an, t'es plus le même. Y a tout qui a changé autour de toi, et qui t'a fait changer, grandir, mûrir, vieillir je sais pas. Alors toute ta vie toute la vie avec quelqu'un c'est pour les gens qui ont pas de rêve, et qui changent pas. Qui croient qu'on peut rester pareil quand tout bouge autour de toi. C'est pour les gens qui ont pas de rêve. Ils sont contents avec ce qu'ils ont. Ils se raccrochent à ce qu'ils ont et l'autre ça devient une bouée, c'est plus rien d'autre. Pour que ça tienne bien ils accrochent des mômes à la bouée, une bagnole, une baraque, et ça devient de plus en plus lourd ça se transporte plus ça te bloque. Elle te sauve plus la bouée, elle t'aide plus. C'est juste un boulet que tu regardes et tu lui en veux d'être un boulet. Moi je veux pas. Je veux pas du boulet. Je veux pas des trucs qui me bloquent, je veux avancer, je veux croire que je peux avancer même si je me plante je veux croire ça, que je peux avancer, et que ce que j'ai vécu ça se répétera pas, jamais demain comme hier, je veux pas d'un demain comme hier.

C'est même pas vrai. Et puis arrête de me traiter, tu me fais chier. Ben si c'est vrai il dit le gamin, t'as qu'à aller voir. Je te crois pas il dit Frank, t'es rien qu'un mytho d'enculé. Ben si tu me crois pas vas-y voir pauvre chieur, je te dis qu'il est assis sur le banc avec un autre pédé. Connard il dit Frank, t'es rien qu'un fils de pute et ta mère elle fait le trottoir. En plus il pleure il dit le gamin, et l'autre mec il a son bras sur son épaule c'est un super beau couple il dit en riant. Frank il dit rien, là, il serre les dents, il a envie de le taper, de lui foutre la gueule dans la merde mais ça servira à rien vaut mieux se casser tout court. Et puis il pue l'alcool à cinq kilomètres il dit le gamin, c'est vraiment rien qu'un pauvre pédé de chômeur ton père, et il rit encore. Tu dis plus rien, hein, t'as rien à répondre hein, et il lui tourne autour, il le nargue, allez, dis quelque chose, allez, n'importe quoi, et je te dirai un secret. Quoi il dit Frank. N'importe quoi je te dis. Ben ça y est il dit Frank, j'ai dit quoi. Hein. J'ai dit quoi il dit Frank. Ouais mais ça c'est pas de jeu, ça compte pas. Ben si, faut savoir, tu dis de dire n'importe quoi et je dis quoi alors ça compte. Bon, il réfléchit le gamin, ok, de toute façon je te l'aurais dit. Eh ben en plus il s'est pissé dessus ton père. Frank il continue de marcher, il dit rien, il veut rien dire, ça fatigue trop d'entendre des conneries et de pas pouvoir répondre, il hausse les épaules, il fait pfft, le gamin il dit t'as qu'à aller voir il est là-bas sur le banc, à l'arrêt de bus.

Ils ont peur de tout. Ils ont peur des mots. Ça les arrête très vite. Ils les pensent, mais les dire c'est pas pareil. Entre eux encore ça va tu les entends ils arrivent à parler des salopes, des putes, des bouches à pipes, mais dès qu'ils sont devant une fille, ou un mec, c'est rare, quand ils sont dans la fille ou dans le mec ils osent plus, ils essaient, leur voix elle est pas sûre, le ton il est pas bon, ils disent t'aimes ça hein, tu la sens, souvent ils arrivent qu'à dire ça quand ils parlent parce que y en a qui parlent pas du tout, juste ils gémissent, et tu sais pas s'ils gémissent par plaisir ou si c'est pour se donner du courage, pour être sûrs qu'ils bandent. C'est rare ceux qui parlent et qui parlent bien, qui ont pas peur des mots. D'ailleurs c'est d'abord le ton, plus que les mots, qui est important. Le regard et le ton. T'aimes ça hein, quelquefois ça suffit à me rendre dingue. Ouais j'aime ça je dis. Et alors ils répètent, juste la phrase, t'aimes ça hein, et ça me plaît qu'ils répètent la phrase. Mais en général ils savent pas parler beaucoup. Ça les gêne. S'ils parlent pas c'est parce qu'ils ont peur. Ils savent qu'ils vont te regarder après la baise à un moment ils vont être obligés de te regarder. T'es pas tout le temps de dos. Quand tu seras debout devant eux. T'auras la même taille, tu seras plus sous eux, alors les insultes, tout ça, ils osent pas trop, ça marche plus avec le mec qui sera debout, après, de face. C'est juste des mots d'avant la baise, et de pendant, c'est pas des mots d'après, que t'assumes. C'est des mots pour quand t'es allongé. D'ailleurs si ils parlent, ils partent quand t'es encore allongé, ou de dos, ils se rhabillent et ils se cassent. Moi j'aime ça qu'on me parle, mais tu sens très vite si ça leur plaît ou pas. Quand tu leur dis lime-moi, ouais prends-moi, tu vois s'ils sont gênés ou pas, si ça les excite. Ça les met mal à l'aise parce qu'après la baise y a toujours un moment de douceur, c'est physique, ton corps il se détend même si c'est involontaire, c'est un moment qui les rend tendres et ils ont peur de ça, de cette tendresse un moment, quand ils te caressent ou ils te prennent dans le bras, ils ont peur c'est-à-dire qu'ils ont peur d'être pédés, ils peuvent pas être tendres et parler en même temps, ça va pas ensemble, ou parler à un mec comme à une nana ça les excite et ça les met mal à l'aise. Ouais quand ils parlent c'est qu'après ils partiront vite, ils se reboutonnent et ils se cassent dès qu'ils ont joui, mais avant ils parlent, ils t'insultent, y en a qui sont forts pour ça et c'est trop bon comme ça t'excite, comme le mot il te fait devenir ce qu'il dit, le mot il te marque et il te change, il te tatoue comme le jus il te tatoue. Les insultes c'est comme des tendresses à l'envers, des pudeurs. Mais après ils partent. Ils assument pas. C'est comme un accident. Peut-être parce qu'à leurs femmes ils rêveraient de dire ça mais qu'après ils pourraient plus les regarder dans les yeux. C'est juste sexuel. Tu peux pas traiter ta femme de salope et après la regarder donner à bouffer aux gosses en la respectant, ils pensent ça. C'est ça qu'on leur a appris. Le sexe il va pas avec le respect, ça leur fait peur. Pour eux d'un côté t'as les femmes et de l'autre t'as les putes, les salopes. Les femmes tu les insultes pas parce que tu vis avec alors tu vas voir les salopes parce que tu peux les insulter. Les pédés c'est encore ailleurs dans leur tête, et bander pour un mec à la fois ça leur paraît facile et à la fois ça les met mal à l'aise. Ils ont un truc avec la virilité, ils sont pas sûrs d'eux. Pour eux baiser un mec c'est être encore plus viril, se le taper, le monter, c'est un truc de lutte et de combat, sur le moment ils sont fiers. Ce qui les étonne en plus c'est que c'est bon. Que ça leur plaît. Moi j'ai pas de problème parce que je suis pédé, pour moi c'est comme ça c'est même pas une question, j'aime les mecs, ça me plaît alors je suis pédé, c'est les autres que ça gêne. Ouais, ceux qui te baisent et ceux qui te baisent pas. Tout de suite ils se demandent si t'encules ou si tu te fais enculer, si c'est toi qui mets ou toi qui te fais mettre, y a des degrés quoi, tout en haut t'as les mecs qui baisent des filles, tout en bas t'as les putes, un peu au-dessus t'as les femmes, et au-dessous des putes t'as les pédés, une espèce de sous-race. Et même entre les pédés t'as des degrés entre ceux qui mettent, qui sont en haut, et ceux qui se font mettre, qui sont en bas. Ceux qui sont en haut ils disent ouais moi je suis actif c'est comme une fierté, je me fais pas mettre moi je suis puceau du cul, même un thermomètre ça passe pas, des trucs comme ça. Ils ont l'impression d'être moins pédés, ils sont encore des mecs, ils pensent. Parce que pour eux t'es pas un mec si tu te fais mettre, t'es entre la pute et rien. Ça les met mal à l'aise que tu puisses prendre ton pied en subissant, ils pensent, comme une fille. Même quand ils te disent le contraire ça les met mal à l'aise. Ils savent pas comment te regarder. Et ça les rassure aussi, de bander pour tout, pour les nanas comme pour les mecs. Mettre un mec ou une nana c'est juste que t'es un gros baiseur, point barre. Ils se disent ça. Mais ce qu'ils attendent pas, c'est la tendresse, ils savent pas que ça peut arriver, et vite, parce que la tendresse pour un autre mec ils y croient pas, on leur a pas appris et ça ça serait être pédé, pour eux. Ça pourrait les contaminer. Ça peut arriver vite la tendresse et c'est dangereux. Pour les images qu'ils ont de ce que c'est un mec, ou une nana. Un mec, avec une nana, c'est solide, c'est rassurant, c'est le chasseur, toutes les conneries qu'on apprend, et une nana avec un mec c'est doux, c'est soumis, c'est fragile, toutes les conneries quoi, alors quand le mec il se voit avec un autre mec c'est la panique, il sait plus comment se comporter. Parce que le truc qui l'étonne c'est d'abord que c'est bon de baiser avec un mec, et puis que tu peux avoir de la tendresse. Oui c'est bon, et après la baise la tendresse c'est possible et ça ça fait peur. C'est pas dans les films ou les livres, la tendresse entre deux mecs, mais ça arrive dans la vie, et ça leur fait peur. Juste ça, la tendresse qui va pas avec l'image que t'as du mec. Ça fait fille. Ça fait talons hauts et boas de couleur. Les mecs qui osent pas être pédés c'est pas à cause du sida, c'est à cause de la tendresse qu'ils osent pas, ils savent pas où la mettre dans leur tête.

Je lui ai dit, tout ce que tu fais ou fais pas, me fait mal. Tout ce que tu dis ou dis pas, me fait mal. Je dis pas que c'est ta faute je dis ce que je sens. Je t'observe manger ou dormir, ou marcher, et tous tes gestes me paraissent différents, et faux. Je te reconnais pas. Je vis avec quelqu'un d'autre. Je vis avec quelqu'un que je reconnais pas. Qui me voit pas. Qui me fait invisible.

C'est ça qu'elle fait ma jalousie. Elle me fait invisible et elle fait voir des choses, toutes les choses, différentes. Elle transforme tout ce que je voyais avant, tout ce que je trouvais normal, en quelque chose de nouveau que je reconnais pas, en quelqu'un qui est pas toi. Qui est toi et qui est pas toi. Un toi que j'aurais pas connu, que j'aurais pas su voir. Comme si tu te réveillais près de quelqu'un qui ressemble à celui que t'as aimé, mais qui est pas celui que t'as aimé. Ou comme si tu te réveillais après avoir trop bu. C'est le moment où t'es plus soûle, et tu revois les choses vraiment. Comme elles sont. T'as vécu soûle pendant des années et maintenant t'es plus soûle. Tu vois les choses. Tu te dis que tu t'es trompée. Parce que c'est pas à toi que j'en veux, c'est à moi, Richard, c'est pas toi que je soupçonne de m'avoir trompée c'est moi que je soupçonne de m'être trompée, depuis le début. Ma jalousie elle me fait croire que je me suis trompée moi, sur toi, que j'ai été idiote, aveugle, que j'ai rien vu, que je suis bête et que j'ai à m'en prendre qu'à moi seule. J'ai été soûle et je suis plus soûle. C'est ma faute. Elle dit elle fait ça ma jalousie. Elle me fait penser ça, que je veux pas penser. Tout le temps je te regarde Richard, je te regarde et j'ai l'impression que tu mens, que tu joues, que tu t'amuses et que je suis bête. Que je suis laide, que je suis vieille, que je suis pas digne d'être aimée, que tu vas bien, que tu t'en fous, que tu te fous de moi, que tu vis ta vie et que j'existe pas, que j'existe plus. Que je suis morte, je te vois vivre comme si j'étais morte, Richard, morte, ta façon de vivre près de moi me fait me voir morte. Elle fait ça ma jalousie. Ou comme si j'étais un animal de compagnie, quelque chose qui t'oblige à lui donner une caresse et à manger, mais pas plus, que t'aimes bien, à qui tu t'es habitué, mais que t'aimes pas, un chien, un chat, quelque chose qui est rentré dans ta vie, qui fait partie de ta vie mais qui est là comme un meuble auquel t'as même pas de comptes à rendre. Je te vois vivre comme si t'avais pas de comptes à me rendre. Je dis pas que t'as des comptes à me rendre mais aimer l'autre c'est un tout petit peu le respecter, un tout petit peu, et faire un tout petit peu attention à lui, un tout petit peu, à ne pas le blesser, c'est ça aimer un tout petit peu. Et comment tu vis, c'est vivre comme si j'étais invisible, absente, morte. Ça me fait mourir, Richard, la façon que t'as de me voir morte. Ça me fait crever en silence je lui ai dit. Ça occupe tout mon temps et ça ronge tout mon temps. Ma jalousie elle transforme tout, elle complique tout, elle bousille tout. Je vois ta veste et j'ai envie de fouiller ta veste, je vois le courrier et j'ai envie de fouiller ton courrier, je sais même pas pour rechercher quoi, des preuves de quoi, qui me rendraient morte, ou des rassurances de quoi, qui me rendraient pas vivante pour autant, ça me ronge Richard, et me dis pas si j'ai raison ou tort de me ronger je dis juste ce que je vis, ce que je sens, ce que je souffre, je demande rien. Cette souffrance elle prend toute la place et tout le temps, elle m'occupe entièrement. Comme une couleur qui prend de l'importance, du rouge ou du bleu et ça teinte tout dans ce que je regarde et dans ce que je vois, tu comprends. C'est juste ça, une teinte qui change tout et qui rend tout laid, ou gris, terne, et ça bouffe le ventre. Alors j'ai décidé de plus être dans la jalousie, de plus la laisser tout changer dans ma vie. Peut-être elle dit la vérité, cette jalousie, peut-être c'est elle qui a raison et peut-être en effet tu me trompes Richard, tu me blesses et tu me trompes, mais tant pis, j'ai décidé que j'allais plus souffrir, je lui ai dit ça, je veux pas souffrir par toi je veux juste être heureuse par toi alors peut-être tu me trompes, ou peut-être je me trompe, mais j'ai décidé de plus être triste par toi et je fouillerai jamais tes affaires, je refuserai même de penser que c'est possible que tu me trompes, la seule chose Richard, la seule chose, c'est si tu me trompes, fais-le en secret, fais-le loin de moi, fais-le en me respectant, parce que jamais je revivrai ça, je le peux pas.

Frank il passe de loin, le plus loin qu'il peut, devant l'abribus, où y a Daniel et l'autre type plié encore, qui se courbe et gigote sur le banc à côté de son père, juste il voit son père de loin, les yeux perdus, et il se dit qu'il le hait, enfin il se dit pas ça comme ça, il a un truc à l'estomac qui lui fait mal, qui lui fait honte, qui le griffe, il a envie de vomir et surtout de pas voir ça, son père en larmes, son père ivre, il lui en veut, il en veut à tout le monde et à lui-même aussi et il sait pas pourquoi, alors simplement il passe vite, la tête baissée, les yeux de biais, il sent qu'il étouffe.

J'ai besoin de ça. Les ordres ça me plaît bien. T'obéis sans réfléchir, tu sais qu'ils ont raison, même s'ils ont tort tu t'en fous alors tu réfléchis pas. Ça te permet de penser à autre chose ou à rien. Tu fais les trucs. Après tu dors. T'as les escales. T'as les bars pendant les escales. T'as les filles. Elles sont gentilles. Tu sais bien que c'est pour un verre et qu'elles sont gentilles avec tout le monde mais tu t'en fous. T'es pas là pour te marier. Elles sont bien fichues. Elles baisent bien. De toute façon t'as pas le temps de parler ou de t'attacher t'es là pour deux jours, une semaine au max. Quelquefois y en a une t'as un truc, un pincement, j'aime ça. Tu crois que c'est plus fort qu'avec une autre. Comme tu sais que tu vas partir et que ça peut pas durer ça devient plus fort forcément, t'as envie que ça soit plus fort. Ça t'occupe pendant que t'es à quai, tu penses à une vie normale, sans escale. Et puis ça t'occupe quand t'es en mer, tu penses que t'as été amoureux, et peut-être t'as été amoureux. Comme y a pas de suite possible c'est sûr que t'as été amoureux, ça coûte rien et c'est agréable, tu penses à toutes les filles que t'as connues et puis tu penses à une seule parce que c'est agréable, et puis ça passe, tu penses à toutes les autres. Tu te rappelles une Black ou une Tahitienne, tu te rappelles des trucs c'est bizarre c'est pas la fille en entier c'est un sourire ou une position, une douceur, un truc dans les yeux ou une ville, une chaleur dans la ville, en fait tu te souviens pas des filles tu te souviens des morceaux, ça peut même être des morceaux ratés, des rires, des soirs où t'as trop bu et où t'as pas bandé, souvent tu t'en souviens mieux que des baises réussies, faut qu'y ait des trucs à se rappeler et c'est bizarre que tu te rappelles des trucs pas complètement réussis, ça te fait réfléchir, c'est ces morceaux-là qu'après tu te rappelles et qui te font sourire, qui te font chaud, et tu t'endors bien. Ça te fait réfléchir. C'est bon de baiser, et puis après c'est quand même toujours pareil. Les jambes d'une fille, la chatte d'une autre, la bouche et le sourire d'une autre, ça se mélange, t'es jamais au même endroit et y a un moment où bon, t'as envie de te poser. C'est super de bouger, en plus t'es pris en charge tout le temps, tu vois des pays que même avec une vie de salaire jamais t'irais voir parce qu'en plus t'en as même pas l'idée. Mais bon. Même les pays ils se mélangent. Tu réfléchis. De quoi t'as envie. Avec tout ce que t'as vécu, et vu, avec toutes les filles que t'as rencontrées y a un moment où tu fabriques une espèce de fille magique, quelqu'un qui est pas réel mais du rêve. Après tu cherches ce rêve dans les bars, dans les boîtes, et tu comprends que tu te mets à flasher sur des filles qui ressemblent un peu ou beaucoup au rêve que t'as fait mais que jamais ça existera vraiment, la fille qui ressemble à cent pour cent, y aura toujours un truc qui cloche. Tu mets la barre trop haut dans ton rêve. Faut toujours mettre la barre trop haut dans tes rêves mais bon, y a un moment où faut voir aussi la réalité. Tu te dis que ta vie c'est juste une course si tu continues comme ça. Tu cherches quoi, en fait tu te dis tu cherches quoi hein, que tu cherches toujours autre chose, jamais t'es content de ce que t'as. En fait tu sais plus ce que tu cherches. T'as l'impression que tu fuis, tu sais pas quoi mais tu fuis. C'est peut-être toi que tu fuis en passant d'une fille à l'autre. Bien sûr que c'est toi que tu fuis en passant d'une fille à l'autre. T'as que ça à penser quand t'es en mer, à ta vie, à toi dans ta vie, et tu te dis que bon oui t'as baisé à toutes les escales, t'as baisé plus que ton père dans sa vie et tous ses copains dans leur vie et puis bon, et puis alors. C'est toi que tu fuis. C'est pas les filles qui sont pas à la hauteur de tes rêves c'est toi qui te fais peur parce que tu veux pas la réalité. C'est toujours pareil au final même si t'as l'impression que c'est jamais pareil, quand tu baises, c'est toujours pareil parce que t'aimes pas vraiment, tu baises un corps c'est cool mais au final tu fais pas l'amour. T'as jamais fait l'amour. Tu penses pas à l'autre. Parce que t'as peur de ça, de t'attacher en fait, c'est ça que tu comprends. T'as peur de décider et d'être toute ta vie sûr de ton choix. Obligé d'être sûr. Ça te fout la trouille. Ouais. C'est pour ça que tu passes de port en port et de boîte en boîte, t'as l'impression d'être un mec, t'as l'impression d'être libre, en fait t'es juste seul. Tu réfléchis beaucoup en mer, t'as que ça à faire et à penser. Et à ce que tu feras après. Tu sais bien que ça va durer toute la vie, ça, cette fuite de toi. À la fin de la fuite de toi, t'es crevé et tu crèves. T'as rien connu. T'en vois dans les bars, des mecs qui ont fait la marine et qui peuvent plus s'en passer même si ils sont à la retraite, ils ont cinquante balais, ils vivent à l'hôtel parce qu'ils veulent pas être attachés par un appart ou une nana, par des gosses, ils se murgent tranquille aux comptoirs et c'est tout. Ils se lèvent une fille pour la semaine, et puis c'est eux qui t'abordent, ils sont tellement pas sûrs d'eux qu'ils sont fiers d'eux, ils gueulent qu'ils sont libres, moi je suis libre moussaillon, des mots à la con, je suis libre ils disent c'est ça être un mec, c'est être libre, tu parles, t'es seul, mec, c'est tout, t'es seul, t'as envie de lui dire ça parce que ça te saute à la gueule qu'ils sont seuls, et qu'ils en crèvent, ils te racontent leurs tours du monde, et les filles comme des cartes postales que t'envoies pour prouver que t'as voyagé, et après trois tournées t'as envie de chialer, c'est tout. T'as envie de chialer. Ouais, tu réfléchis en mer. Et dans les bars. T'as que ça à faire. Alors surtout tu te dis que tu veux pas être comme eux qui se forcent à rigoler. Ça va pas durer toute la vie la mer et l'armée. Et ça va pas être toute ta vie. Tu sais combien tu gagnes et en fait tu dépenses pas beaucoup puisque t'es nourri blanchi. T'économises. T'as pas envie de claquer tout ton blé en pots et en drague de merde quand t'as vu ça. Tu réfléchis. C'est pour ça que j'ai acheté le studio. Tu vois, déjà quand j'aurai fini de le payer je le revendrai et j'achèterai un truc plus grand, c'est comme ça qu'il faut faire. Et dans quinze ans j'aurai un bel appart. J'aurai quoi, trente-cinq ans, j'aurai pris ma retraite de l'armée et je pourrai encore faire des choses. M'installer. Trouver une fille sympa, pas chiante, qui me fera des gosses que je pourrai voir grandir. Avec qui jouer. À qui apprendre des trucs, tu vois. J'aurai même pas besoin d'aller voir ailleurs parce que j'aurai déjà vu assez. Y a un moment où t'as vu assez, ou alors c'est que tu te fuis. Tu veux trouver quoi. Moi je veux pas me fuir. À la fois c'est différent et à la fois c'est toujours pareil de baiser, de changer de fille. T'as envie de stabilité, de tendresse. Ouais, une fille sympa, contente d'avoir un mec comme moi et qui élèvera les gosses avec juste les soucis des gosses. Ça peut être cool. Construire un truc. C'est pas pour ça que t'es vieux et c'est pas pour ça que t'aimes pas, c'est juste du sérieux que tu construis, du stable. Alors c'est sûr t'as pas la passion et tout ça, l'aventure, mais qu'est-ce que je m'en fous de l'aventure ça va j'ai vécu, j'ai donné. Tu réfléchis en mer. T'as d'autre choix que l'aventure ou le ratage des parents, leur vie de misère et tous les soucis qui empêchent d'aimer. T'as des trucs simples qui t'empêchent pas d'être heureux, faut construire, et moi j'aime bien les cadres, c'est tout, j'ai compris ça, j'aime bien les cadres, dedans je mets ce que je veux et ça peut bouger mais c'est encadré par moi, c'est moi qui cadre ma vie.

J'ai mal à la gorge. Je sais pas. Ou c'est pas vraiment ça. J'arrive pas à avaler. Tu sais, quand ils disent j'ai les boules, les mecs, j'ai toujours cru que c'était une histoire de couilles qui remontaient, je sais pas, j'en ai pas, je vois pas où ça peut remonter mais bon, en général ils font un signe au niveau de la gorge comme si ça gonflait là, comme si ça remontait là, je comprenais pas et maintenant je comprends ce que ça veut dire, si c'est ça, si c'est là, j'ai les boules Nadia, j'ai les boules vraiment. J'arrive pas à avaler ma salive. C'est comme une angine. Ou comme quand j'ai eu les oreillons je me souviens bien, le cou comme un hamster t'arrives plus à déglutir. Je me réveille, j'ai pas de salive, c'est sec dans ma bouche. J'arrive pas à avaler. Ou d'être sèche dans la bouche ça me réveille je sais pas. Ça me fait peur. J'arrive pas à avaler. J'arrive pas à respirer bien. Comme quelque chose qui m'étrangle. Je me sens desséchée partout, la peau sèche, la gorge sèche, quand j'ai de la salive j'ai du mal à l'avaler, ça bloque. Faut que je me concentre pour avaler. C'est un effort. Ça fonctionne mal. J'ai mal. J'ai le ventre noué, c'est un truc pas croyable, un vrai nœud, je comprends toutes les expressions à la con, toutes les images à la con, avoir la nausée, le ventre noué, mourir d'aimer, tout ça, toutes ces conneries tu les ressens. Quand je rentre j'ai peur qu'il soit là, et aussi qu'il soit pas là. Je suis que dans ça, ça prend toute ma vie. Toute ma tête. Tout le temps. Y a pas de répit. Je regarde si sa voiture est sur le parking. Si sa voiture est sur le parking, je lui en veux d'être rentré tranquillement, qu'il ait pas eu d'accident, qu'il se soit pas fait arrêter par les flics. Si sa voiture elle est pas là je lui en veux de pas être rentré, de m'oublier, de se foutre de moi, je l'imagine avec une fille, heureux avec une fille et ce bonheur-là me tabasse. Ça me tabasse. C'est comme des coups de poing. Ça me plie en deux. Ça me fait honte d'être dans cet état Nadia, ça me fait honte d'être descendue là. Au point, là, de plus m'aimer, de penser ça, que je m'aime plus puisqu'il m'aime plus.

Arrête de te faire du mal, arrête, lâche-le, elle dit Nadia, pourquoi tu t'accroches, merde, il te fait du mal. Tu dois pas supporter ça. Personne doit supporter ça. C'est pas humain ce que tu vis. Arrête de t'accrocher.

Je m'accroche pour pas m'être trompée elle dit, j'ai compris ça, je sais que c'est nul, j'ai réfléchi, et c'est pour ça. Je sais que c'est nul mais c'est pour ça. Pour pas m'être trompée, pour me reconnaître tu comprends. Si j'abandonne j'abandonne des mois entiers de ma vie et ça je peux pas, je les remplace par quoi, tu comprends, y a rien pour les remplacer, ça devient juste des mois perdus, des années entre parenthèses, je peux pas, faut que j'apprenne quelque chose de ça, même de l'échec, que ça m'apporte quelque chose, je pourrais pas penser que ç'a été inutile. Et puis je m'accroche parce que j'y crois pas non plus, j'y arrive pas, c'est ça qui est fou. Tout me dit que c'est fini tout tu m'entends, tout, mais j'y arrive pas, j'arrive pas à le croire, j'ai l'impression qu'il joue. Qu'il me teste, qu'il me fait passer des épreuves je sais pas pourquoi mais lui dans ma tête il le sait et alors c'est bien, si c'est ça, s'il sait pourquoi il fait les choses il le sait mieux que moi, je me dis ça, et ça me fait honte d'accepter ça. Mais je veux pas m'être trompée. Pas à ce point-là.

Mais c'est lui qui t'a trompée, elle dit Nadia. T'as réfléchi à ça. Est-ce que t'as réfléchi à ça. Je dis pas physiquement, avec une nana, je dis par rapport à ce qu'il avait dit, promis, à ce qu'il était, c'est peut-être lui qui te trompe, hein, arrête de culpabiliser, ça sert à rien tu vas te rendre malade.

Je suis déjà malade. Je dors pas de la nuit. Je dors deux heures, trois heures. Je suis crevée toute la journée, j'ai envie de m'endormir dans le bus, aux cours, partout, même en marchant j'ai envie de dormir, le jour j'ai envie de dormir, et la nuit je peux pas. Dès que la nuit tombe ça me prend dans le ventre, ça me réveille. Je me demande où il est, je me demande à quoi il pense, ou pourquoi il fait ça, et pourquoi il a pas le courage de me dire qu'il m'aime plus. C'est ça qui me rend dingue, Nadia. Qu'il dise pas qu'il m'aime plus. Parce que la dernière fois qu'on a parlé vraiment, il m'a dit je t'aime, c'est tout, je t'aime, laisse-moi du temps, c'est ça qu'il a dit. Il le répète. Et puis, à côté, tout ce qu'il me fait vivre c'est le contraire de l'amour, c'est le dédain, c'est le mépris, c'est le silence. On se parle plus Nadia, on se parle plus. Je sais plus rien. Je comprends plus rien. C'est comme les turbulences dans les avions, quand tu dois rester accrochée à ta ceinture, à ton fauteuil, tu penses à rien qu'à dépasser ça, la zone de turbulences, tu penses à rien puisque de toute façon tu peux rien faire, c'est pas toi qui conduis, c'est pas toi qui diriges. T'as peur, c'est tout. Tu comprends plus. T'as plein d'idées qui te traversent dans le bordel de ta tête, c'est le bordel, t'es secouée dans tous les sens. Tu te dis que s'il te quitte tu vas vomir. Tu te dis que si il t'aime comme ça tu vas vomir. Peut-être faut attendre que ça passe. Qu'il soit lui aussi sorti des nuages et des orages dans le ciel, les éclairs qui font trembler l'avion. C'est pas qu'il me quitte qui me rend malade, c'est qu'il prétend m'aimer en me faisant vivre ça, tout ça qui est sordide tu peux pas savoir. C'est qu'il ment. C'est qu'il donne aucune explication. Je voudrais qu'il parle, merde, même si c'est dur c'est moins dur que ça, que ce silence, qui te fait penser tout le temps à quoi il pense, merde, à quoi il pense, à lui, à moi, à quoi, à me faire mal.

C'est un lâche, Sandrine, c'est un lâche je te dis, il est comme tous les autres, et puis il est névrosé, pervers, c'est grave, il a toujours été comme ça, je te l'ai dit dès le début, possessif comme c'est pas permis, et l'air de pas y toucher en plus, c'est ça qui est pire, c'est un hypocrite.

Je sais Nadia, tu me l'as dit, je sais que t'as raison, maintenant t'as raison, avant t'avais pas raison mais maintenant oui, et j'ai beau savoir que t'as raison, maintenant, ça me rend malade que t'aies raison, et que j'aie eu tort. J'arrive pas à croire que j'aie eu tort. Tant qu'il reste dans le silence ça me fait penser que j'ai eu tort tout le temps, depuis le début. Je voudrais qu'il me dise ça, qu'il m'aime plus, maintenant, qu'il y arrive merde, qu'il la crache sa vérité, pour qu'au moins ce qu'il y avait avant ça puisse résister, et exister encore, qu'il y ait ça, cette histoire, finie, mais quand même une histoire, même finie. Et quand je me dis ça j'ai l'impression d'être aussi conne que ma mère et que toutes les bonnes femmes, merde, de m'être fait avoir comme toutes les bonnes femmes, qu'on est nées, nous les bonnes femmes, pour se faire avoir, parce qu'on est pas capables d'autre chose, d'avancer, de quitter, de tirer un trait, nous on sait pas quitter.

Arrête elle dit Nadia, arrête, tu te mines à raconter ça, ça sert à rien tu sais bien, juste à retourner le couteau dans la plaie.

Merde Nadia, si je peux pas le dire à toi à qui je le dis. J'ai besoin de le dire. Ça m'aide à faire le point. Ça m'aide à le quitter, à me forcer à le quitter, à le rayer, c'est dur, et d'une façon que j'attendais pas, parce que c'est pas la fin du monde c'est comme la fin d'un monde tu comprends c'est pire, la fin de ton monde, celui que t'as bâti et construit peu à peu, dans les doutes, dans la joie, dans les merdes. C'est comme un dérapage dans ce que tu vois, comme à l'école les trucs que tu fais à la gouache et tu mets trop d'eau alors ça bave, t'as le jaune il bave sur le reste et tout s'imprègne et se dégueulasse, ton dessin c'est de la merde et tu le trouves moche il est fichu, c'est comme ça. Avec Jérémy y a eu un jour qui a tout dégueulassé, toute la peinture elle était sèche, elle était jolie, ça s'est mis à baver dans tous les sens et à devenir dégueulasse, et de ce jour-là les choses sont dégueulasses, c'est plus pareil, rien est plus pareil. C'est bizarre. Le temps est plus pareil. Le soleil est plus pareil. Les gens sont plus pareils. Ce jour-là ça m'a abîmé mes yeux et l'odorat, le goût. Y a plus rien qui est pareil. J'entends plus les mêmes choses, les musiques, tout, y a comme un bruit en fond, un larsen, un truc qui te fait mal quand tu t'y attends pas t'as l'impression que tu respires et hop t'as le larsen qui vient se vriller dans tes oreilles, dans tes yeux, dans ta bouche. Ça fait mal. C'est les deux qui font mal, qu'il m'aime comme ça, s'il m'aime, ça me fait mal. Et s'il m'aime plus sans oser le dire, ça me fait mal. J'ai mal, Nadia.

Il dira rien, il fera rien, c'est comme le chat et la souris, il joue, il attend que tu casses Sandrine, toi, il attend que ça vienne de toi, il fera rien de lui-même parce qu'il serait obligé de réfléchir sur lui, sur toi, sur vous, et ça il veut pas. Faudrait qu'il se remette en cause et ça il veut pas, il a besoin de son admiration pour lui, de se regarder et de s'admirer. Et si c'est lui qui casse il se verra pas pareil, il faudra qu'il se demande pourquoi il a cassé, pourquoi il t'aime plus, alors pourquoi il t'a aimée, s'il t'aime plus c'est qu'il t'a aimée, et comment il répondrait à ça, hein, comment il se répondrait à lui-même. Il peut pas. Ça lui fait peur. Faudrait qu'il se remette en question et les mecs ça veut pas se remettre en question, ils peuvent pas.

Le plus dur, c'est de vivre encore ensemble, en ce moment, de le regarder vivre loin de moi, en dehors de moi, continuer ses trafics, ses coups de fil, l'entendre rire au téléphone, l'entendre siffler des chansons, le voir vivre comme si de rien n'était et comme si j'étais déjà plus là ça c'est dur, c'est sordide, parce qu'en plus je remarque tout, dans le flou partout autour, je remarque tout, tu vois, par exemple, qu'il porte une bague que je lui ai donnée et jamais il portait cette bague, depuis longtemps il la portait plus il disait que ça lui faisait mal au doigt et maintenant il la porte. Ça veut dire quoi. Qu'il l'aime. Qu'il m'aime. Qu'il se fout de moi.

C'est un pervers Sandrine, c'est tout.

Et je sais bien que s'il la portait pas avant c'était justement pour que ça soit pas un signe qu'il portait quelque chose de moi, quand je lui offrais des cadeaux il mettait du temps avant de les porter comme pour les nettoyer de moi, de moi qui les donnais, pour les neutraliser, et alors porter aujourd'hui ma bague ça serait montrer que maintenant ma bague est bien à lui, et vient pas de moi parce qu'elle est neutralisée.

Arrête, merde, elle dit Nadia.

C'est une bague, c'est pas un pull, c'est une bague, c'est un lien une bague, et même les pulls, le polo que je lui ai donné l'an dernier et qu'il a jamais porté il le porte, ça veut dire quoi.

Ça veut dire qu'il te voit même plus. Arrête, merde, Sandrine, arrête. Ouvre les yeux. Tes cadeaux c'est même plus des cadeaux pour lui. C'est à lui maintenant, ça vient plus de toi, c'est à lui, c'est ça que ça veut dire. Que tu es même plus quelqu'un qui peux encore lui faire des cadeaux, que ça lui appartient sans que ça vienne de personne, et il te nargue, ça veut rien dire d'autre.

Je me dis qu'il veut parler en portant ma bague, ou le polo, dire quelque chose, c'est des signes, c'est des gestes, et en même temps t'as les gestes contraires, les gestes lointains, y a tout en même temps qui se mélange et qui te gifle, te caresse, tout qui se mélange et tu sais que tu devrais vraiment pas regarder ça, mais tu regardes, tu l'observes, t'es aux aguets et tu t'en veux d'être aux aguets parce que c'est une souffrance d'être aux aguets.

Quitte-le.

S'il m'aime pourquoi il agit comme ça.

Parce qu'il t'aime pas.

Et s'il m'aime pas, pourquoi il agit comme ça.

Parce qu'il t'aime pas.

Je sais plus rien. Je comprends plus les gens, je me comprends plus moi, même moi je me regarde et je me comprends plus, je sais plus quoi faire.

Retourne chez tes parents, tant pis, même un moment retourne chez eux le temps qu'il se barre, qu'il te foute la paix et que tu l'oublies.

Quand je suis pas au studio, même crevée j'arrive encore à regarder des choses, même floues, à avoir envie de choses, même floues, c'est quand je suis au studio que tout me gifle, que tout me frappe.

Va-t'en.

Mais j'attends, je sais pas mais j'attends, comme pour laisser une chance, encore une chance, pour être sûre que j'aurai tout fait, pour tout vivre jusqu'au bout jusqu'à la misère et au dégoût mais j'aurai tout essayé, moi j'aurai tout tenté, et quand j'aurai tout raté alors je pourrai passer à autre chose.

Tu vas tomber malade c'est tout, elle dit Nadia. Tu vas te rendre dingue, merde.

Je peux pas le quitter. Je sais qu'il me fait souffrir mais je peux pas, j'attends jusqu'au dernier moment, jusqu'à la preuve, la certitude.

Mais quelle preuve. Quelle certitude. T'es folle. Même s'il te disait qu'il t'aime plus tu le croirais pas. Dans l'état où t'es tu crois plus rien ou juste le contraire c'est n'importe quoi. T'as besoin de repos Sandrine, de t'éloigner, de rester tranquille, ce mec te harcèle, il te rend folle par lâcheté, il attend que tu deviennes complètement dingue.

Oui il me harcèle. Je sais qu'il me harcèle. C'est insupportable qu'il me harcèle. Et je le supporte. Mais retourner chez les parents c'est tellement un échec, les retrouver tous les deux tellement tristes, tellement dans les douleurs, les solitudes, c'est comme si je retournais à mes quinze ans, à mon enfance débile. Et tu vois Nadia, je comprends une chose maintenant, c'est que nos vies elles sont pas terribles, faut pas rêver, elles sont pas terribles et faut faire avec, on est pas des chanteuses, on est pas des actrices, on passera pas à la télé et puis d'ailleurs je m'en fous de passer à la télé c'est pas le problème, c'est ce que ça veut dire, le fric, les boîtes, les soirées, la baraque, c'est ça la télé, ça te fait croire que tu peux être riche et libre mais bon, j'ai compris ça, j'ai pas de talent de chanteuse, j'ai pas le corps d'un mannequin, je serai pas riche, ma vie elle se fera pas dans les paillettes et elle se fera pas dans les bureaux comme chef d'entreprise, y a pas beaucoup de rêve pour nous, pour réussir dans la vie, demain je vais pas dégotter un boulot de rêve t'as vu où on est nées, comment on a grandi, on connaît personne, mais bon, ça m'était égal ça, de pas être dans les journaux, de pas être dans les voyages, de pas être habillée comme une actrice, j'ai pas rêvé là-dessus parce que j'ai compris vite que c'était pas ma vie, alors j'ai décidé que je serais heureuse dans ma vie, que je réussirais ce qui me rend heureuse dans ma vie, tu vois j'ai décidé ça j'avais quinze ans, juste avant de rencontrer Jérémy, de réussir ma vie plutôt que réussir dans ma vie, j'en ai rien à foutre dans ma vie, et j'ai tout misé sur ça, sur la construction de ça, j'ai tout accepté, pour ça, pour être heureuse, même la difficulté, si j'aime je m'en fous, quand j'aime je m'en fous, j'ai construit ma vie là-dessus et maintenant je comprends qu'on peut crever d'amour, même si je vais pas crever, j'ai pas envie de crever mais je comprends qu'on peut crever d'amour, tous les trucs à la con que t'apprends à l'école pour rien en plus c'est écrit avec des mots que personne comprend et chez des gens que personne connaît, qui ont des palais et des bonnes, et tout va bien pour eux, tu te fais chier quand tu lis ça tu te dis que ça existe pas tous ces trucs du moyen-âge, ou avec des filles qui s'évanouissent et des mecs qui font des duels, eh ben je comprends, maintenant je comprends, que tu peux crever d'amour, je sais ça que tu peux te laisser crever d'amour, qu'on peut choisir d'arrêter. D'ailleurs c'est pas d'amour qu'on meurt, c'est de la fin de l'amour qu'on peut crever. C'est de pas accepter que ça s'arrête, c'est de pas comprendre pourquoi ça s'arrête. C'est ma plus belle histoire d'amour Nadia, ç'aura été ma plus belle histoire d'amour, même si elle se termine de façon dégueulasse ce sera ma plus belle histoire d'amour.

Qu'est-ce que t'as, merde, réponds, dis quelque chose, reste pas comme ça à chialer comme un môme, tu me fous la trouille, réponds, merde, mais Daniel il répond pas, il chiale comme ça en silence, assis sur le banc de l'abribus, à balancer le dos d'avant en arrière, juste il pleure, il a la bouche tordue, l'autre il lui tient l'épaule, réponds merde, dis quelque chose, il t'a frappé, j'ai rien vu, dis-moi, explique, j'ai rien vu moi j'étais par terre il t'a frappé aussi, on s'en fout mec, c'est juste un connard et on était soûls on s'en tape, y a pas mort d'homme, c'est juste une merde de salaud qu'est-ce que t'en as à foutre, arrête, arrête de pleurer moi je peux pas déjà les nanas c'est difficile ça me rend nerveux mais les mecs je peux pas, je sais pas quoi faire et ça me fait mal, t'as mal, t'as mal quelque part, t'es blessé, t'as quelque chose de cassé dis-moi je peux pas t'aider si je sais rien, je peux rien faire, arrête, et Daniel il dit rien, juste il pleure et les larmes elles commencent à faire du bruit, comme si elles chauffaient, les larmes dedans, ça fait un bruit de machine, sourd, qui sort, et il se balance le dos d'avant en arrière, les mains entre les genoux, il commence à gémir ou alors c'est les larmes qui gémissent, qui parlent, ça fait un bruit d'enfant qui a un chagrin parce que les enfants quand ils ont du chagrin ils sont juste le chagrin ils le cachent pas, ils le vivent, c'est le chagrin qui remplit l'enfant et l'enfant il laisse le chagrin sortir et là le chagrin il remplit Daniel et Daniel sait plus le laisser dedans alors il sort, il se déverse le chagrin, il sort en bouillons, d'abord c'est juste un gémissement, un sifflement, un bruit de machine oui peut-être des poumons peut-être ça vient de là c'est comme l'eau qui bout dans la casserole ça frémit et ça s'entend, d'abord on comprend pas très bien ce que c'est et puis on comprend d'où ça vient, que ça vient de lui et de l'intérieur de lui, de très loin, ça remonte, ça le secoue et c'est pour ça qu'il balance le dos d'avant en arrière pour essayer de retenir ce qu'il y a dedans, de le contenir, mais ça sort par les yeux, ça sort par le ventre c'est comme un gémissement quelque chose qui est pas humain, qui vient de l'enfance ou de la douleur et peut-être que c'est la même chose l'enfance et la douleur, il se dit, ou il se dit rien, peut-être il se dit rien il essaie juste de retenir ce qui peut pas être retenu, peut-être ça a lâché et c'est sorti aussi quand il s'est pissé dessus, il sait plus Daniel, il sent plus rien que ça, du dedans, qui sort, qui sort par la peau, qui sort par les yeux, par la bouche, un gémissement qui est pas supportable et qui l'étrangle, le suffoque, et puis voilà il se met à hurler, à sangloter, à hoqueter, juste il pleure du dedans vers le dehors et ça renverse tout, il pleure comme de la mer.

J'en ai marre de sa fragilité, de sa faiblesse. J'ai vu d'autres nanas Fred, pour respirer. J'ai couché avec d'autres nanas, j'ai besoin d'air. Je voudrais une fille qui soit pas obligée de jouer à la fille, qui ait pas besoin de toutes les conneries des films, qui soit mon égale, forte aussi, ça me fait chier qu'elles rentrent toutes dans le moule, qu'elles veuillent être protégées, caressées, rassurées, j'ai envie d'une égalité tu comprends, pas toujours d'être celui qui décide, qui avance, merde. Dès qu'elles sont avec un mec, pour elles c'est pour la vie et elles veulent être rassurées, protégées, caressées, des gosses, du respect, j'en ai marre. À côté, elles veulent qu'on les soumette, et c'est bon au pieu, c'est bon une fois ou deux, ou avec des filles que tu connais pas tu te lâches, mais avec la fille que t'es avec tu fais comment, quand c'est fait, quand t'as baisé et que tu te souviens de sa fragilité, de sa soumission, tu la vois plus comme une égale, tu la vois comme une petite fille qui a besoin d'un frère ou d'un papa tu peux plus baiser avec. Y a pas d'enjeu, y a plus de plaisir quand c'est devenu comme ça. Y a plus la chasse, tu vois, le truc qui te fait bander parce que tu l'as pas encore. Quand t'as dompté la bête tu l'as domptée tu comprends c'est toujours la même chose. Y a plus de mystère. Plus rien à découvrir. Tu sais comment elle bouge, comment elle baise, comment elle pense. Très vite t'as dans la tête qu'elle se comporte comme une pute au pieu parce qu'elle aime ça, et ça t'éloigne, forcément, moi ça m'éloigne, c'est bizarre, à la fois ça m'excite d'aller de plus en plus loin dans le cul. Et aussi ça me dégoûte avec la même, j'ai plus l'impression d'un être humain en entier tu comprends, j'ai l'impression qu'elle rapetisse, à chaque fois, qu'elle s'affaiblit, et qu'elle va disparaître à force de rapetisser, alors ça me fait peur. Parce qu'il reste une partie de moi qui aime ce qu'elle était, tu vois, quand je la connaissais pas encore en entier, y a cette part que je me souviens, de quand c'est encore bien, que t'as encore des trucs à découvrir. Et à côté y a l'envie d'aller encore plus loin, puisqu'elle est d'accord, puisqu'elle attend ça, de la traiter en pute, de lui faire mal, de la détruire puisqu'elle se laisse détruire comme les autres, c'est impossible l'amour.

C'est une rivalité bizarre mais jamais t'as d'égalité, forcément tu domines, et t'es seul. Y en a un qui domine, et t'es seul. Que tu domines ou que ça soit l'autre d'ailleurs, mais bon, comme t'es un mec c'est plutôt toi. Parce que tu prends la fille, c'est toi qui rentres, qui fouilles, c'est toi qui possèdes tu comprends, c'est pas elle. Peut-être qu'être un mec c'est être seul en fait, peut-être c'est ça. Alors si c'est ça tu peux pas rester avec la même fille tu comprends. Quitte à être seul tu cherches mieux à chaque fois. Tu cherches ailleurs. Peut-être tu trouves jamais c'est sûr, et alors. T'as trouvé toi. Nos parents ils ont trouvé, hein, t'as des gens en tête qui ont trouvé, non. Toujours ça pourrit. Ça devient moche. Ça devient un meuble, l'autre, comment tu veux t'exciter sur un meuble, baiser un meuble. Hein. Ouais, j'ai envie de nanas fortes, indépendantes, baiseuses mais pas soumises, que jamais tu dresses complètement mais bon, c'est du rêve, ça, ou alors faut pas rester, faut changer. Tu restes le temps que t'es bien avec. C'est égoïste mais bon, tu vas pas te pourrir la vie en entier parce que t'as baisé trois ans ou cinq ans avec quelqu'un, hein. Parce que tu lui gâches la vie aussi, à l'autre, quand tu peux plus le supporter, regarde tes parents, regarde les miens, ça fait combien de temps qu'ils baisent plus, qu'ils ont plus de plaisir. Moi je veux pas ça. Justement je crois que je veux aimer, tu vois, c'est ça qui est drôle, je veux que ça soit toujours bien, et quand c'est plus bien, bye, basta, chacun part de son côté content d'avoir fait un petit bout de chemin ensemble. Tu gardes que les bons souvenirs et tu peux continuer à espérer, à rêver, à vivre.

On peut aimer plusieurs fois, faut mettre moins de choses dans le mot. C'est tout. Et quand t'as compris ça, ça va mieux elle dit Monique. Je crois pas elle dit Roberta. Si, elle dit Monique, je t'assure. Bien sûr c'est plus pareil mais bon, y a pas que l'amour qu'on vit quand on a vingt ans, c'est pas forcément le plus beau, et puis on change. On aime qu'une fois, elle dit

Roberta. Mais non elle dit Monique, regarde, toi, avant Daniel t'as eu José, et puis t'as oublié José, heureusement. J'ai jamais oublié José, elle dit Roberta. Ça l'arrête la Monique. Elle reste la bouche ouverte. Elle regarde Roberta. Ce salaud elle arrive à dire, à articuler, t'as jamais réussi, t'es folle, souviens-toi de ce qu'il t'a fait.

J'ai jamais oublié José, elle dit Roberta. Et j'ai jamais aimé Daniel. Il m'a sortie de la merde mais je l'ai jamais aimé. Il a été bon avec moi mais je l'ai jamais aimé. On a eu des enfants mais je l'ai jamais aimé, vraiment. Je pense toujours à José, et j'ai rien oublié, ni ses saloperies, ni sa méchanceté, ni ses tromperies sous mon nez, je me souviens de tout Monique, mais j'ai aimé que lui.

T'es folle, elle dit Monique.

Non, je suis pas folle, je me souviens, c'est tout. Je sais ce que j'ai senti près de lui, ce que j'ai vécu, il est au fond de ma peau depuis vingt ans elle dit Roberta.

Mais ça fait vingt ans que t'es avec Daniel et ça a rien duré avec José, ça a duré quoi.

Arrête, elle dit Roberta. Tu peux pas comprendre. Puisque t'es sûre qu'on peut aimer plusieurs fois, c'est des choses que tu peux pas comprendre. Toi tu mets des doses dans l'amour, moi pas.

Je comprends pas, elle dit Monique.

Non, tu comprends pas, elle dit Roberta. On est pas pareilles toi et moi, c'est tout.

Non, je comprends pas, elle dit Monique, avec ce qu'il t'a fait vivre, ce salaud, alors qu'il t'a jetée de chez lui avec Kévin qui avait pas trois ans, c'était une ordure, Roberta, je pensais que tu l'avais rayé de toi ce salaud, tu peux pas encore penser à lui, c'est pas normal de se faire du mal comme ça, il t'a foutue à la rue du jour au lendemain tu peux pas rayer ça, il t'a foutue à la rue, merde.

Je l'ai pas rayé de moi, elle dit Roberta. Je me souviens de tout et de sa saloperie mais je l'ai pas rayé. J'ai pas connu d'autre homme comme lui.

Heureusement elle dit Monique, un malade. Un type du jour au lendemain qui te pète les câbles, comment t'as résisté.

Oui un malade elle dit Roberta. T'as entièrement raison. Mais je te dis pas que je l'aime, je te dis que j'ai aimé que lui. Il m'a tout donné, et il m'a tout repris. Il m'a fait rire et il m'a fait tomber. Il m'a fait naître et il m'a retuée. J'étais pas vivante avant lui, et j'étais morte après lui. C'était un malade, oui Monique, t'as entièrement raison, mais le temps que ç'a été bon ç'a été plus que bon, mêmc si ç'a été court. Finalement le temps que ç'a été bon ç'a été très court et le temps mauvais ç'a été très long mais c'est pas ça que je lui reproche. Ce que je lui reproche c'est de m'avoir allumée, et de m'avoir éteinte. De m'avoir fait connaître le bonheur, et de l'avoir repris. Avant, je vivais sans et c'était pas dur puisque je connaissais pas. Après, j'ai vécu sans et c'était dur puisque je connaissais. Pour ça je lui en veux Monique, et t'as entièrement raison, un vrai malade c'était José, et je lui pardonnerai jamais. Mais le temps que ç'a été bon ç'a été plus que bon. Même s'il m'a virée du jour au lendemain, il m'a virée de chez lui mais déjà avant il m'avait virée de sa vie, de sa tête. Même s'il m'a fait mal comme jamais j'ai eu mal de ma vie et plus jamais j'aurai mal comme ça parce que plus jamais j'aurai confiance en quelqu'un comme j'ai eu confiance en lui. Parce que plus jamais je croirai rien. Mais l'amour j'ai connu, Monique, ça a failli me tuer, mais j'ai connu. C'est juste une fois.

T'es folle elle dit Monique, t'es folle. Ce type il ramenait des filles sous son toit et à la fin il te demandait de rentrer à pas d'heure pour qu'il puisse baiser tranquille sous son toit, tu partais avec Kévin, tu te souviens quand même, pendant qu'il baisait sous son toit.

Oui.

Et tu sortais promener Kévin jusqu'à pas d'heure, en poussette, pour que José il baise tranquille et tu revenais à pas d'heure et y avait les mégots de la fille et les verres sales et même les rires qui restaient sur les murs et même l'odeur de la fille qui restait sur les murs.

Oui.

Tu rentrais à pas d'heure et tu couchais Kévin et tu te couchais et lui il restait dans la chambre, tu t'en souviens.

J'étais à lui.

Il te menaçait, il était alcoolique, brutal, c'est toi qui l'as dit.

Oui.

Il téléphonait à ses putains devant toi pendant que tu dormais ou que t'arrivais pas à dormir dans le salon, tu me l'as dit après.

Oui. Mais il disait qu'il m'aimait.

C'était de l'enfer Roberta, t'as dû partir chez Karine.

Oui, de l'enfer, du vrai enfer.

C'était des semaines de folie, Roberta, c'était des semaines de folie, tu peux pas pardonner.

Je pardonnerai pas, je te dis pas que je pardonnerai. Mais y a eu six mois de rêve, peut-être dix, des rires très beaux ensemble. Peut-être quinze mois. Peut-être deux ans.

De mensonge oui.

Oui de folie, Monique, de folie, l'amour c'est comme une folie que je paye depuis vingt ans, mais depuis vingt ans y a pas eu une journée où j'aie pas pensé à lui, en le haïssant, en crachant sur lui, mais pas une journée où j'aie pas pensé à lui avec des regrets.

C'était un égoïste, tu l'as toujours dit.

Oui.

Il était même pas beau, tu l'as dit toi-même.

C'est vrai. Le jour où je l'ai vu sans l'amour je l'ai vu minable, petit, maigrelet, fade, je l'ai vu comme les autres le voyaient mais tout le temps que je l'ai vu avec l'amour il était beau. Y a pas eu plus bel homme c'est comme ça. Et y aura jamais plus bel homme que lui que j'ai vu avec l'amour. Même les beaux que tu vois à la télé, ceux dans les films, ils l'atteignent pas à la cheville, ils sont beaux de loin et José je l'ai pas vu de loin, je l'ai vu de près, sur moi, de très près, chaque morceau de lui. Jamais j'ai vu quelqu'un d'aussi près, sur moi, en moi, un morceau de sa joue, un morceau de son nez, j'avais envie d'embrasser tout, de lécher tout, de flairer tout de lui et même quand il était loin de moi il était près de moi. Il y a jamais eu quelqu'un d'aussi près, je le sentais, je le sentais là près de moi qui m'entourait, qui me protégeait de tout, qui m'entourait, il y a jamais eu quelqu'un d'aussi près de moi et jamais quelqu'un de plus près Monique, que lui, lui en moi et lui hors de moi, même lui hors de lui, jamais tu m'entends. Jamais y a eu personne. Jamais je me suis sentie plus belle, plus grande, plus vivante, et t'as raison, c'était de la folie. Jamais quelqu'un m'a fait naître comme ça parce que jamais quelqu'un m'a aimée comme ça, et c'était de la folie.

Il t'a jetée dehors Roberta, tu t'en souviens quand même.

Je lui pardonnerai pas, je lui pardonne rien, je lui cracherais à la gueule si je le voyais, j'ai juste aimé que lui. Il m'a fait sentir le bonheur, juste le respirer, et puis il a refermé le bonheur.

Il était violent, Roberta, tu t'en souviens, il t'a menacée.

Oui.

Il t'insultait, tu me l'as dit.

Et il disait qu'il m'avait rencontrée trop tôt, qu'il aurait fallu qu'il connaisse plein de femmes avant moi pour mieux m'aimer.

Il les a connues pendant.

Il m'avait dit d'attendre, de l'attendre.

Il t'a menacée de la police, il t'a menacée de te faire mettre dehors souviens-toi Roberta, il disait qu'il y avait rien de légal à ce que tu sois là, de légal tu te rappelles, c'est toi qui me l'as dit, il menaçait de te frapper, il disait que tu lui faisais pitié, que tu le dégoûtais, c'est toi qui me l'as dit, rien de légal il disait le salaud.

Il disait qu'il avait besoin de temps pour être digne de moi.

Un malade qui a même pas reconnu son fils.

Il lui a offert le studio.

Il t'a offert quoi à toi en trois ans, hein.

Des regrets Monique, je sais, des regrets. De la tristesse. De la tristesse à se jeter par la fenêtre, à boire du vin et des médicaments jusqu'à crever et comprendre les morts.

Il a fait des enfants à une autre, il les a reconnus eux, élevés, il les a gâtés.

Arrête Monique, s'il te plaît arrête. Parle pas d'après. Parle pas de maintenant. Après, je peux pas. Je peux penser à avant, au temps avec lui, mais après non. Après, c'est trop difficile ce qu'y a après lui et moi. Ce temps complètement vide où tu penses qu'il continue à vivre et à vivre bien, c'est trop difficile. Penser qu'il pense pas à toi, pas à toi une seconde, qu'il vit, qu'il rit. Qu'il rit avec quelqu'un d'autre en pensant pas à toi, qu'il se demande rien sur toi, rien, qu'il s'en fout. Qu'il rit, qu'il boit, qu'il mange, qu'il dort, sans toi, avec une fille qui voit sa tête comme toi tu voyais sa tête, elle voit son corps, elle sent son corps comme tu sentais son corps et elle son corps sur le sien comme tu le sentais sur le tien, dans le tien, il lui fait l'amour comme il te faisait l'amour. Il l'embrasse comme il t'embrassait, ou peut-être il l'embrasse mieux. Il la regarde. Il la couche sous lui. Il y a ses mains à lui sur son corps à elle. Et pour lui c'est égal, il lui fait l'amour à elle comme il te faisait l'amour à toi, il jouit.

C'était un égoïste.

Mais j'ai jamais fait l'amour comme j'ai fait l'amour avec lui Monique, jamais j'ai même essayé de retrouver ça, c'était pas la peine.

Mais qu'est-ce que tu dis Roberta, ça se dit pas des choses comme ça, ça se pense pas.

Jamais j'ai eu des orgasmes comme j'ai eu avec lui.

Mais qu'est-ce que tu dis Roberta, ça se dit pas ces choses.

Le plaisir Monique, ce plaisir-là. Mais pas que le plaisir. Le plaisir je l'ai connu encore, c'est mécanique, ça peut arriver souvent, mais l'orgasme ça arrive quoi, trois, quatre fois.

Tu dis n'importe quoi Roberta, tu délires.

L'orgasme c'est plus fort que le plaisir, ça te prend en entier.

Tu délires Roberta.

T'as eu combien d'orgasmes dans ta vie Monique.

Tu délires Roberta, tais-toi.

Arrête Monique, c'est important ce que je te dis, je l'ai jamais dit à personne, à qui tu veux parler de ça, y a qu'à toi que je peux en parler, t'as eu combien d'orgasmes Monique.

Mais de quoi tu parles Roberta.

Du moment où le plaisir il monte, il monte et même pas forcément parce que tu sens un sexe, mais juste des mains, juste un poids, un désir qui rejoint le tien, et que juste il est là, l'autre, ton homme, qui est tous les autres hommes mais qui ne pourrait pas être un autre homme c'est lui et c'est pas lui, rien que ses mains, rien que son désir et doucement c'est brûlant, à l'intérieur de ta peau et dans ta tête comme de l'ivresse et du calme en même temps, un calme au bord de l'ivresse complète, le plaisir il monte comme d'habitude mais pas au même moment, bien avant, et longtemps, pour aucune raison, au bord de toi, juste au bord de toi, comme il peut monter quand t'y penses, quand tu penses à toi, à toi et à l'autre, et rien qu'à toi un moment, et où ça dépasse ça, ça te renverse, pas le plaisir, mais quelque chose de plus, et pas le va-et-vient, quelque chose de plus, tu es au bord de toi à la frontière et c'est pas la surprise du sexe en toi, c'est quelque chose d'autre qui te courbe doucement et te rend folle doucement, brûlante, quand c'est tout ton corps au bord du corps, qui fait l'amour, des pieds jusqu'à tes joues, tes cheveux, tout ton corps et ta tête, et l'autre, en toi, la surprise de l'autre en toi, il est partout en toi dans ton corps et au bord de ton corps qui déborde, qui grandit, et l'autre c'est lui et c'est n'importe qui mais c'est lui, c'est toi, aussi, en face, tu te fais l'amour à toi et tu fais l'amour à personne ou tu fais l'amour avec le monde, juste t'es dans un moment qui te pulvérise doucement et te reconstruit en même temps, qui te met en morceaux doucement et te remet en place, tu éclates doucement, au ralenti dans un ralenti où chaque geste il existe et tu l'entends, où chaque respiration tu l'entends et tu la vis, tu exploses sous des mains et ces mains c'est les siennes et c'est pas les siennes mais c'est les siennes, tu t'en fous, mais bien sûr c'est les siennes et ça pourrait être celles de quelqu'un d'autre bien sûr et c'est avec lui que ça arrive parce qu'il est devenu tous les hommes, toute la virilité, tout le sexe, et c'est plus fort encore que les mains que tu connais c'est plus grand, c'est plus fort, c'est lui mais comme tu l'as jamais connu lui comme simplement l'amour, c'est même pas du plaisir dans le sexe c'est plus loin c'est dans ta tête que ça fait du feu, ça fait de la flamme, ça t'illumine, et tu es loin de toi et complètement en toi, t'es écartelée et réunie, tu te comprends, pour la première fois de ta vie tu te comprends toi entièrement, ton corps et ta tête, tu t'acceptes, tu te reconnais et tu peux mourir, à ce moment-là tu peux mourir et tu meurs c'est sûr tu te sens partir en lumières comme un ciel la nuit dans une nuit brûlante remplie d'étoiles filantes mais des milliers d'étoiles filantes qui partent de toi, et ça a pas d'importance que tu meures parce que tu vis complètement, c'est juste une seconde, ou deux secondes, où tu vis complètement et où tu comprends pourquoi tu vis et que ça vaut le coup, d'être, totalement, bien avec toi, des pieds jusqu'à ton cerveau jusqu'au bout de tes doigts partout tu es du sexe et simplement de la vie heureuse d'être en vie et complètement en vie, toutes les douleurs pour ça, pour ça, rien que pour ça tu cries ou tu cries pas mais pour quelque chose qui est plus grand que le bonheur, qui est ton corps qui vit tout seul, sans ta tête, quelque chose qui est ce que toute ta vie tu cherches, sans le savoir parce que tu le connais pas toute ta vie tu cherches ça, tous les jours, la lumière d'être au bord de toi à la frontière, et complètement en toi, pleine et illuminée d'être entière, alors tu danses sous l'amour, tu danses enfin comme ça doit être la danse, à deux qui font un seul toi, un seul toi, pas quelqu'un d'autre que toi, juste toi, juste toi tu entends, l'amour ça te rend toi telle que tu es, et tu danses dans ce moment parce que tu es au-dessus du sexe, à côté, dedans, au bord, et tu sais que c'est ça ta vérité, la seule vérité, enfin tu le sais, et jamais tu l'oublies.

Elle dit rien Monique. Elle peut rien dire. Et Roberta elle se tait. Y a un moment de silence parce que y a rien à dire, là. Elles se taisent toutes les deux. Elles se regardent pas. C'est comme une gêne, une espèce de vérité un peu épaisse entre elles deux. Monique elle allume une cigarette. Roberta elle se sert un verre. Elle le boit d'un trait. Elle le repose. Et puis rien. Elles restent comme ça toutes les deux de chaque côté de la table.

J'en peux plus, c'est ça qu'il hurle, j'en peux plus, entre deux sanglots qui bouleversent et lui renversent le corps, il dit j'en peux plus, je suis rien, c'est les larmes qui sortent et qui parlent à sa place, se déversent, en flots, y a tout qui le secoue, chaque mot le secoue, il dit je vais me tuer, je vais crever, je vais me tuer, j'en peux plus, je suis rien et j'ai jamais été rien, je serai jamais rien il crie, je suis une merde, c'est les larmes qui parlent, j'ai qu'à crever, je peux plus, et il chiale, ça sort comme de la gerbe ou du sang non j'ai rien fait, je suis une merde, je vais me tuer y a que ça à faire, il mélange les larmes et les mots, j'ai rien fait de ma vie, j'ai tout loupé, tout loupé depuis le début il dit assis sous l'abribus, j'ai toujours été à côté de la vie, du bonheur, à côté toujours à regarder les autres et à jamais rentrer dans la vie, il avale les larmes ou la salive c'est pareil, j'ai jamais compris comment on rentre dans la vie il dit, j'en peux plus il dit, je vais me tuer il hurle, il sanglote et l'autre il lui tient l'épaule, il lui caresse l'épaule, il dit arrête, arrête, tu me fous la trouille je comprends rien arrête et il lui caresse l'épaule, le cou, mais Daniel il peut pas arrêter, c'est tout qui sort, tout ce qui se retient depuis l'enfance, tout ce qu'on dit pas quand on est grand, tous les ratages, j'ai tout raté, tout le temps, j'ai été à côté, tout le temps, j'ai fait ce qu'on me disait, j'ai fait mon boulot et c'est le seul truc à faire pour un homme hein, parce qu'un homme il doit avoir un boulot c'est ça qui fait un homme, et t'es plus un homme quand t'as pas de boulot, quand t'es viré comme une merde, t'es moins qu'un homme quand t'es viré parce que t'as été un homme et t'es plus un homme, t'es plus utile il hurle et il balance le dos d'avant en arrière, je me suis fait virer comme une merde et il baisse la tête, je vais me flinguer et j'ai le flingue y a pas de problème je vais me tuer il hurle, c'est parce qu'ils ont vu que j'étais une merde et il chiale, tout le monde le voit, tout le temps j'ai su que j'étais une merde et ils ont mis tout ce temps pour le voir, eux, tous, et maintenant ça se voit mais déjà avant toute la vie te dit que t'es une merde et le journal et la télévision avec ceux qui vont bien et qui rient dans la télévision, tout ça ça te dit que t'es une merde que t'as réussi à rien et t'es éduqué pour être une merde ça tu le comprends tout de suite mais comment tu fais pour pas devenir ce qu'ils ont décidé comment tu résistes hein il crie, face à qui, ils m'ont viré et c'est normal parce que toute ta putain de vie fait de toi une merde, je suis rien il chiale, je suis moins qu'un homme, je peux même pas en parler il hurle en balançant le dos et la tête, faut tout garder secret dans cette merde de vie qu'on nous fait, à qui tu vas raconter que t'es une merde, hein, à qui, à ta femme, à tes gosses, je vais me crever, à tes amis il dit, t'as pas le temps d'avoir des amis, t'as des collègues c'est pas pareil, et les collègues c'est pour quand ça va bien il pleure et les larmes elles giclent vers la bouche, depuis ma naissance je suis une merde même mes gosses ils l'ont vu ils me parlent pas, on s'est jamais parlé, on se parle jamais il crie, à qui tu veux parler, tu fais ton boulot d'homme, t'as toujours fait ton boulot d'homme et un jour ils te disent que t'es pas digne d'être un homme, ils te jettent et alors t'es quoi, t'es devenu qui, tu peux le dire à personne que t'es plus rien parce que c'est contagieux les ratages, ça sent mauvais les ratages, les gens ils te fuient, tu peux rien dire il hurle Daniel, y a personne dans ta vie à qui tu peux parler parce que tout le monde il est dans son monde à lui et pas dans le tien, personne rentre dans le tien personne en a envie, jamais, vraiment, t'es seul, tu vis seul même quand t'es pas seul il dit dans les larmes et l'autre il lui caresse l'épaule, tu vis encore plus seul quand t'es pas seul, parce que tu peux pas parler, même quand t'es pas seul, tu peux pas dire les choses n'importe quelle chose et surtout pas celles qui te font mal, pour pas faire de peine et pour que ça soit pas pire, si tu dis des choses ta femme elle va crier, elle va avoir peur, elle va pleurer, elle va s'arracher les cheveux et ça devient son malheur à elle d'avoir un mari qu'a plus de travail il dit en balançant le dos, et qu'est une merde pour la vie c'est ça qu'elle dira, ça devient son malheur à elle il crie et elle te vole même ça ton malheur, elle te le reproche, et tu peux même plus soigner ton malheur faut que tu soignes son malheur à elle qui est d'abord le tien mais qu'est devenu le sien, tu peux rien dire, alors tu parles pas, alors tu mens et c'est facile de mentir tout le temps il dit sans s'arrêter et les larmes sur la gueule, en te taisant tu mens pour qu'on te fasse pas plus de mal, pour qu'on te laisse tranquille, suffit de rien dire et personne voit que tu vas pas tu dis que c'est une déprime et tu demandes au toubib de dire que c'est une déprime et c'est bon personne se pose de question sur toi, jamais il crie en balançant le dos, tout le monde s'en fout du moment que ça continue personne voit rien alors tu parles pas à ta femme et à tes gosses tu parles pas, tu restes assis sur ta chaise et puis quand t'en peux plus parce que tu te rends compte que même chez toi tu déranges, même chez toi t'es pas chez toi, ça lui pèse à ta femme que tu sois là dans ses pattes et peut-être elle croit que tu la surveilles alors que t'as rien dans ta tête t'es vide, mais tu peux pas rester, alors tu sors, tu vas marcher tu sais pas où mais tu vas marcher, il dit t'es obligé d'aller dehors de chez toi parce que t'es viré de chez toi et de ton travail, de partout on te vire il hurle, c'est tout le monde qui te vire et tu sais pas où tu vas, tu fais le tour de l'immeuble et puis t'en peux plus de faire le tour de l'immeuble à croiser des gens qui te regardent alors tu vas dans les rues mais tu peux pas passer ton temps dans les rues à faire quoi, hein, à faire quoi, en plus dans les rues tu les vois ceux qui sont virés de la vie et t'as peur d'être comme eux tu sais que tu vas être comme eux tu le sens il hurle et l'autre il lui caresse le dos il dit arrête, arrête mec tu te fais du mal, mais Daniel il écoute pas il balance le dos, et tu peux même pas leur donner la pièce parce que t'as l'impression que c'est déjà à toi que tu donnes la pièce tu comprends, et dans le métro c'est pareil, tu vois ceux qui sont là où tu vas être et t'oses pas les regarder en face parce que c'est toi que tu regarderais si tu te regardais en face, tu les reconnais tout de suite quand ils entrent dans le wagon, ceux comme toi, tu les sens à un truc, ils sont raides, peut-être ils sont soûls, soûls de misère tu les vois ils sont raides et ils titubent il dit en balançant la tête de plus en plus loin, lentement, d'avant en arrière, tu sais qu'ils vont parler et qu'ils attendent que le métro il soit parti alors ils toussent avant de parler ou ils se lancent et ils parlent, ils sortent une phrase qu'ils ont apprise par cœur sans s'en rendre compte sinon tu peux pas parler, devant quarante personnes tu peux pas dire que t'es dans la misère, tu peux pas, faut savoir la phrase par cœur et se lancer et tu te dis qu'il faut être complètement ivre pour oser dire la phrase par cœur est-ce que tu t'habitues à sortir la phrase par cœur ou chaque fois c'est pire et ça te bloque le sang tu te demandes, hein, est-ce que c'est moins difficile à la fin de la journée tu sais pas ça peut pas être plus facile à la fin de la journée tu penses, et tu te regardes en train de dire la phrase par cœur messieurs-dames excusez-moi de vous déranger je sais que vous êtes très souvent sollicités et que c'est pas agréable pour votre voyage, c'est ça ta nouvelle formation c'est une formation tu la vis devant toi il dit en balançant la tête et sans s'arrêter, un ticket-restaurant ou une pièce s'il vous plaît pour manger et dormir, et tu te regardes pour savoir comment tu vas faire quand ça va être à toi à la place du type ou de la fille avec les journaux dans le bras, sortir ta phrase par cœur et ça te met une honte mais une honte à regarder par terre et t'as le sang glacé et même pas tu oses regarder le type ou la fille quand il est debout devant toi et qu'il tend la main devant toi alors tu sors du métro, tu peux plus supporter de te voir en face comme ça dans le métro partout, et dans la rue, alors tu sors du métro et de la rue parce que t'étouffes, tu marches dans la rue vite et tu reviens chez toi avec ta femme et tes gosses de toute façon tes gosses il en reste que le petit les autres ils sont partis t'en as un à l'armée et l'autre elle est avec son copain et l'aîné qui est pas ton gosse il est parti aussi mais tu l'as élevé comme ton gosse et plus que ton gosse parce que sa mère elle s'en fout, parce que sa mère elle pense qu'au père du gosse, ça tu le sais depuis le premier jour alors tu t'occupes du gosse évidemment, et puis tu l'aimes évidemment, et c'est bizarre même tu l'aimes plus que les autres, peut-être parce que tu cherches à te prouver quelque chose, que tu peux être aimé par un gamin qui est pas le tien il crie, tu cherches à être aimé plus que par tes propres gamins parce que tes propres gamins c'est naturel tu te dis, même si en fait c'est pas naturel, mais tu peux penser ça que c'est naturel, d'ailleurs quand tu réfléchis après, c'est mieux de pas aimer ses gosses parce qu'ils s'en sortent mieux tes gosses que t'as pas aimés alors que celui que t'as aimé peut-être tu l'as fait souffrir de trop l'aimer et alors ton amour il est pourri il est pourri il pleure en balançant la tête d'avant en arrière, c'est ça que tu te dis que même l'amour que tu donnes il faut pas que t'en donnes et l'autre il lui caresse le dos, il faut que t'arrêtes d'aimer il dit Daniel parce que ça abîme ceux que t'aimes quand tu vois ton fils qui est pas ton fils mais que t'aimes plus que les autres et il est dans les bras d'un homme, c'est ça que tu trouves quand tu rentres un jour de ta misère dans le métro ou dans la rue, alors tu te demandes ce que t'as loupé il chiale, dans ce que t'as donné ou pas donné assez, tu te dis que t'as mal fait ton boulot pour que ton fils, qui est pas ton fils, il soit devenu pédé sans que tu voies rien, sans que rien t'annonce ça, qu'est-ce que t'as fait, merde, pour pas réussir à en faire un homme hein, qu'est-ce que t'as fait, et comment tu fais d'un homme un homme tu le sais toi, il pleure sans regarder l'autre, et t'as mal pour lui, pour le rire des autres, pour sa tristesse tu te dis, il va faire quoi dans sa vie il va vivre quoi, tu te dis que c'est ta faute et que tu peux pas en parler, à qui tu vas en parler, même avec ta femme tu peux pas parce que ta femme depuis même avant qu'elle soit avec toi, c'est pas à toi qu'elle pense mais à celui d'avant, et tu peux même pas lui en vouloir parce que c'est pas qu'elle t'aime pas, toi, c'est pas qu'elle te déteste, c'est qu'elle a plus de place il pleure, et même si t'as espéré que ça s'arrange, même si t'as pensé qu'avec du temps elle commencerait à t'aimer un peu, tu comprends que c'est pas sa faute, qu'elle a essayé, qu'elle te trouve gentil, elle a essayé longtemps, qu'elle aimerait bien t'aimer mais qu'elle peut pas c'est tout, ça marche pas, et ça c'est pire que si elle te détestait, simplement elle a essayé et elle peut pas parce que c'est pas un truc que tu te forces, aimer, c'est le seul truc que tu peux forcer personne c'est pas comme manger ou dormir, tu peux dire mange ta soupe et dors mais dors ça veut dire tais-toi, mais tu peux pas dire aime-moi, ça tu peux pas, alors il reste quoi dans ta vie, il te reste quoi, il te reste un boulot toujours le même qui te vide la tête à faire toujours pareil t'obéis même plus à des chefs mais à des machines et même la nuit tu rêves que t'es encore avec la machine, mais au moins elle te fait vivre la machine, elle te fait bouffer, jusqu'au moment où tu sais qu'elle va te bouffer la machine que ça va arriver un jour et tu vis dans la peur qu'on t'a apprise tout le temps et tu vis dans la tristesse tout le temps, et tu comprends que t'as tout loupé et que tu peux parler à personne parce que tu te détestes trop, tu peux plus t'aimer, et la comédie elle a assez duré, elle a assez duré, t'as toute la fatigue et la haine qui ressort, ça coule de toi, la comédie elle a assez duré il dit en frappant son crâne contre la vitre de l'abribus, mais arrête il dit l'autre, arrête.

C'est nul ce que tu dis. C'est égoïste t'y connais rien. C'est nul comment tu penses. Comment tu peux penser à l'autre comme ça. Un bout de chemin ensemble et basta. T'es lourd Jérémy. Toi t'aimes et puis t'aimes plus c'est ça. Et l'autre, hein. C'est cool si l'autre elle pense comme toi et au même moment mais on pense jamais la même chose au même moment, tu sais bien. Quand même tu le sais, ça. Au début c'est sûr ça on pense la même chose, c'est dingue comme on pense la même chose au même moment, ça d'accord, c'est dingue, tu la comprends en entier et elle te comprend en entier, même t'as pas besoin de parler et ça te fait rire, t'as envie d'elle tout le temps et elle a envie de toi tout le temps, avec Nadia c'était comme ça on riait tout le temps, tu comprends même pas comment t'as vécu sans elle pendant toutes ces années t'arrives pas à le comprendre et ça te fait rire, tout ce temps sans elle. T'es bien. Tu te sens bien. Complet. Tout roule au début. Elle t'attend à la gare, elle se cache derrière un pilier et on a envie tout de suite, tout le temps, rien que de penser à l'autre, rien que de se voir. Même tu te souviens quand on était partis à la mer un week-end je pouvais pas la regarder sans bander j'étais obligé de rester sur le ventre c'était dingue, tout le temps, l'envie d'elle, de la serrer, de lui faire l'amour, rien que de la toucher, sentir sa peau, d'être tout le temps avec elle, et même quand elle est dans l'autre pièce elle te manque ça oui au début des semaines ça dure, des mois même, t'es bien qu'avec l'autre et tu sais que t'as trouvé celle qui te va, celle qui était faite pour toi au milieu des millions et des millions de filles ça y est tu l'as rencontrée. Tu te dis que la vie c'est magnifique parce que tu l'as trouvée celle qui te va, au milieu des millions et des millions de filles, la fille pour tout le temps, pour toute ta vie, même avant t'étais pas entier, tu l'admires, tout ce qu'elle fait et tout ce qu'elle dit c'est fort, c'est beau. T'es bien. T'es bien comme jamais tu peux être aussi bien dans ta vie, quand t'aimes, c'est ça aimer, c'est être bien comme jamais t'as été, c'est te sentir entier, tu te trouves beau, d'ailleurs c'est drôle t'es beau parce que tu vas bien et toutes les autres filles elles te regardent comme si elles te voyaient pour la première fois, comme si t'étais une star, c'est trop bon, t'as le monde à tes pieds tu penses c'est trop bon et faudrait que ça soit tout le temps comme ça, quand t'aimes, ça d'accord, faudrait que ça dure toujours, le début, mais ça dure pas. Tu te fais à être bien comme tu te fais à être mal c'est ça qui est dommage c'est que tu t'habitues, même à être bien, et que t'oublies que ça peut changer, que c'est pas normal. Et quand ça change c'est bizarre d'abord tu le sens pas. Faudrait parler tout le temps. Faudrait parler même quand c'est juste des doutes, des trucs qui ont pas de mot dessus. Tu penses que c'est la fatigue. Qu'on peut pas être égal tout le temps. Tu sens des trucs mais qui ont pas de mot vraiment. C'est un peu du malaise. C'est au feeling que tu sens ça, c'est rien de précis. Tu sais pas. Ou c'est de la fatigue. À la gare, elle se cache plus derrière le pilier, elle te saute plus dans les bras, elle t'attend plus avec impatience alors que toi tu l'attends toujours pareil, t'as envie toujours pareil mais tu respectes ça, qu'elle soit plus éloignée, même si ça te fout la douche froide quand t'arrives sur le quai. Même qu'elle soit en retard tu respectes. Qu'elle soit pas là sur le quai alors que tu la cherches partout, tu l'espères partout. T'avances avec ton sac et tu vois tous les autres qui se retrouvent ils se jettent dans les bras, ils sourient, ils se serrent, ils se tiennent par la main et là ça te saute à la figure que ça fait tu sais plus combien de temps que sa main tu l'as plus sentie dans la tienne, que ses bras autour de toi tu les connais plus depuis des lustres, que son sourire tu l'as plus vu depuis des lustres, ça te saute à la gueule mais tu fais gaffe, c'est peut-être la fatigue d'autre chose, pas de toi, juste d'autre chose tu te dis. C'est des petits trucs. Tu te dis que ça va passer. Parce qu'elle t'a envoyé des textos tout le temps, des rentre vite, des je fais que des bêtises sans toi, des je t'aime, j'ai besoin de toi, tout ça tu y penses et tu te dis que c'est vrai puisque c'est écrit, elle l'a pensé, elle te l'a écrit. Et puis quand tu la vois enfin t'es déjà sorti du quai et elle court même pas alors qu'elle est en retard. Ouais c'est des petits trucs qui te font mal. Tu souris et puis ton sourire il devient sec sur ta bouche il te fait mal alors t'arrêtes, tu la serres juste vite dans tes bras, t'as plein de trucs à raconter mais à sa tête tu sais que tu vas rien raconter, ça disparaît tout ce que t'avais à raconter, tu sais qu'y a plus de projet, là, ça arrive sans que tu t'en aperçoives tu sens juste des petits trucs. T'as acheté une bague et bien sûr c'est nul de la donner dans le métro tu pourrais attendre d'être chez elle et d'avoir posé tes affaires, de l'avoir vraiment embrassée, mais tu peux pas. Tu sens qu'y a urgence, qu'y a danger. Tu peux pas attendre tu sens que c'est en train de couler, de foutre le camp et faut que t'arrêtes l'hémorragie. Alors t'as envie de tout déballer tout de suite, de récupérer quelque chose parce que ça y est, tu paniques, tu comprends qu'y a un truc qui déconne tu le sens alors tu donnes la bague dans le métro t'as envie de crier que tu l'aimes parce que tu sais déjà que c'est trop tard, crier qu'elle peut pas arrêter de t'aimer comme ça parce que ça se fait pas, ça se peut pas, ouais tu donnes la bague dans la petite boîte et en la donnant tu sais que tu fais une connerie, que c'est pas le moment et que de toute façon ça sert à rien c'est trop tard et pourquoi c'est trop tard hein, à quel moment ça a déconné hein, t'as pas changé pourtant, t'es le même, mais ça a déconné, tu cherches et plus tu remontes plus tu vois que ça a déconné vite mais que tu masquais, que tu voulais pas voir, tu peux pas vouloir voir ces trucs-là, les petites égratignures, et elle ouvre la boîte, elle dit juste merci, elle prend la bague, elle regarde la bague, elle dit juste merci sans te regarder toi et elle la met dans sa poche, qu'est-ce que tu veux dire, qu'est-ce que tu veux faire, t'as envie de gueuler, de gueuler mais je t'aime, tu m'aimes plus, qu'est-ce qu'il se passe, tu m'aimes plus, t'as envie d'être digne, de dire je comprends, même si tu comprends rien, même si tu peux rien comprendre, qu'est-ce que tu veux comprendre hein, qu'est-ce que tu peux penser, moi je l'aimais comme un fou Nadia, comme un fou, ça fait juste six mois que c'est fini et je comprends toujours rien, toujours pas qu'elle m'aime plus, je l'accepte mais je comprends pas, même je l'accepte pas en fait, je comprends rien, et puis quand ça te fuit, quand ça te quitte, que tu le sens, tu t'y raccroches, t'es comme un fou quand ça te quitte, tu comprends juste que ça te quitte et que toi ça t'a pas quitté, qu'elle te quitte et que ça t'a pas quitté, tu deviens fou Jérémy, même si en même temps tu réfléchis à toute allure et que tout te dit que ça pouvait pas marcher en fait, soudain ça te saute à la gueule, que c'était trop tôt, que c'était trop vite, que c'est la faute des deux et de personne, c'est jamais la faute à personne sauf à celui qui arrête bien sûr, c'est toujours la faute à celui qui arrête tu te dis puisque toi t'arrêtes pas, toi t'as pas envie d'arrêter. Et puis t'arrives chez elle et rien est rangé, rien est préparé, rien est fait pour toi, elle a continué à vivre et c'est normal, mais avant c'était comment avant ça te saute à la gueule comment c'était avant, c'était autrement, c'était autrement c'est tout, c'était pas ça, c'était autrement, les cadeaux qui t'attendaient sans raison, son excitation à te revoir, à t'embrasser dès que la porte elle était fermée même dans l'escalier elle t'embrassait et tu lâchais ton sac et là, rien, le canapé pas refait, le lit pas refait, la cuisine en bordel. Partout ça te parle que c'est plus pareil et pourtant tu refuses que ça soit plus pareil. Y a pas de raison. Qu'est-ce qu'elle a fait pendant ton absence, et quand elle se cachait derrière les piliers à la gare t'as tout qui se mélange, et les textos qu'elle t'a envoyés, t'as tout qui se catapulte au même moment. Elle a rien fait à bouffer, y a rien à boire, elle tourne dans le salon et elle te dit j'ai envie d'aller au restaurant et c'est comme une claque, toi t'as plus envie de rien t'as tout qui se catapulte, tu le sens, tu voudrais être seul avec elle, tranquille, qu'elle vienne dans tes bras, tu dis que t'es fatigué et non t'as pas envie de sortir alors tu fais la cuisine, tu fais des pâtes parce que y a que ça et tu bouffes les pâtes avec ce qui reste dans le frigo, un pot de sauce tomate, tu la regardes qui mange et tu sais qu'elle t'aime plus ça arrive comme ça tu le sais. Et tu peux pas comprendre ça, tu bouffes tes pâtes et t'as tout qui se catapulte, comment elle t'embrassait avant, comment elle se jetait sur toi, te suçait, te faisait l'amour, comment elle aimait ça et comment elle te regardait, y a tout au même moment, tu bouffes tes pâtes et tu ranges la vaisselle, tu penses à la bague qui est dans la poche de son manteau et à la gare où cette fois elle était en retard et où elle s'en foutait d'être en retard, c'est pas qu'elle était ailleurs dans sa tête, c'est pas qu'elle pensait à quelqu'un d'autre, c'est qu'elle pensait à toi comme à un truc chiant et qu'elle y allait en traînant les pieds merde il revient elle s'est dit tu te dis, merde faut que j'y aille ça me fait chier elle s'est dit, merde je vais être en retard et puis je m'en fous d'être en retard et elle est arrivée en retard, alors à un moment t'en peux plus tu ranges ton assiette, ton verre, tu reviens et tu demandes tu m'aimes plus c'est ça, parce que faut que je sache tu dis, tu dis c'est ça tu m'aimes plus, t'oses pas la regarder en disant ça, t'as peur de la voir entendre ta question la question qui te fait mal parce que toi toute ta vie tu l'avais déjà imaginée avec elle, tu l'avais déjà acceptée avec elle parce que tu voyais pas d'autre vie qu'avec elle c'était trop fort et elle te dit non je t'aime plus t'avais pas compris, voilà ce qu'elle te dit t'avais pas compris je pensais que t'avais compris et alors toi tu sais plus, tu fais quoi là, c'est comme un truc qui se casse dedans ça fait un boucan tu peux pas connaître ça te fissure, elle dit non. Elle dit t'avais pas compris. Et en plus elle a l'air soulagée que t'aies compris, que tu le prennes comme ça, ça lui rend ça plus facile que t'aies l'air d'avoir compris presque elle sourit, presque elle te remercie que ça soit si facile et que t'aies compris si facilement alors que tu comprends toujours rien, ça te tombe sur la gueule comme une tour qui te tombe sur la gueule tu la vois se péter la gueule sur toi, qu'est-ce que tu veux comprendre, t'as rien compris, t'avais senti des trucs mais t'avais rien senti, t'avais rien voulu sentir, tu veux rien sentir quand toi t'aimes puisque t'es bien, même si t'es pas complètement bien, même si tu sens des trucs que tu gommes, tu te sens bien, alors tu sais pas quoi dire et tu dis ah bon, t'essaies de dire ah bon, de rester digne parce que faire une scène ça sert à rien et la tuer ça rendra pas son amour même si t'as envie qu'elle crève, là, devant toi, qu'elle souffre à en crever, là, devant toi, t'as tout qui se fissure et tu dis bon d'accord, tu dis c'est mieux que tu me le dises je préfère alors que t'as envie de crever, et que tout se fissure à l'intérieur, ça craquelle, et tu dis ouais très bien, t'as la bouche en zigzag mais tu dis ouais très bien, à la fois tu t'en fous qu'il y ait quelqu'un d'autre et à la fois ça te mine même si c'est pareil, même si y a pas d'échelle, tu poses pas la question, ça sert à rien de poser la question, et tu dis je partirai demain, ce soir je dormirai au salon, elle dit d'accord, elle est soulagée tu vois, elle est soulagée, alors elle te dit je t'ai aimé tu sais, elle dit ça comme on parle à un copain ou à un gosse, un truc pour consoler, je t'ai aimé, et ça te fissure, tout te fait mal, ça te fissure parce que t'y crois plus, qu'elle t'a aimé, tu crois plus à rien, tu sais plus rien, t'es vide, t'es minable, t'es minable parce que tu la regardes et que t'as envie d'elle, comme un fou, comme jamais t'as même eu envie d'elle, et t'es minable parce que si elle te disait que c'est pas vrai comme ça, une bonne blague, tu la prendrais dans tes bras et tu pleurerais. T'es minable partout dans ta fissure parce que t'y crois pas, alors tu veux que ça s'arrête et tu dis bonne nuit, tu dis j'ai plus très envie de parler, tu te couches comme ça sur le canapé et elle sort du salon, et soulagée elle va se coucher, elle t'a dit bonne nuit et t'as envie de hurler, de la battre mais tu te retiens, tu l'entends qui se lave les dents, tu l'entends qui se lave la figure, tu l'entends qui se déshabille et tu sais exactement les gestes qu'elle fait, tu sais comment elle se coiffe, comment elle s'essuie la figure, comment elle s'allonge dans le lit, tu dors pas, toi, tu dors pas de la nuit, tu vois sous la porte qu'il y a encore de la lumière et peut-être elle feuillette un journal, peut-être elle fume une clope, tu sais pas mais tout te fissure, tu dors pas de la nuit même quand la lumière est éteinte, tu te retournes sur le canapé, au matin t'es parti. T'es parti à l'hôtel, pour le reste de ta perm, à la fin de ta perm t'es reparti en mer, et tu vas dans les bars et tu peux plus aimer personne, pendant des mois tu peux plus aimer personne, ça tombe bien y a que des putes, tu penses qu'à celle que t'aimes, ça te rend fou de penser à elle, ça te rend malade, parce que c'est pas parce qu'elle t'aime plus que toi tu l'aimes plus, peut-être même tu te serais lassé avant elle si elle s'était pas lassée avant toi, tu sais pas, l'amour c'est pas égal, tu le vis pas pareil, y en a forcément un qui est largué dans les deux, forcément un qui déguste et qui comprend pas parce que ça arrive jamais, ça, d'arrêter de s'aimer au même moment, jamais, sinon c'est pas de l'amour.

Juste il passe devant les bagnoles, sur le trottoir, contre les bagnoles, et avec sa clé il raye les bagnoles, il raye les bagnoles au fur et à mesure, l'une après l'autre, y en a que ça déclenche le système d'alarme, la sonnerie c'est strident mais il s'en fout, il accélère pas le rythme, il y va tranquille parce qu'en même temps il étouffe, les bagnoles l'une après l'autre, y a même des passants qui l'engueulent, mais juste ils l'engueulent, ils ont pas envie de prendre des coups on sait jamais avec les gamins, c'est dangereux maintenant alors il continue, il raye les bagnoles, il fait ça tranquille sur presque toute l'avenue et y a les alarmes, elles gueulent comme sa tête mais pas plus, vraiment pas plus, il entend rien, là, il entend rien, même la sirène il l'entend pas, qui arrive, il entend pas le fourgon qui s'arrête, il entend pas les flics qui descendent, qui l'appellent, qui l'entourent, même il voit rien, juste des pieds maintenant qui l'empêchent d'avancer et il essaie de les contourner mais il peut pas il sent des mains sur ses épaules, des mains sur ses bras qui le soulèvent, y a toujours le même bruit dans sa tête alors c'est pas important même c'est plutôt bien, il est soulevé et il vole il se dit, avec le bruit dans la tête et plein de mouvements devant lui, autour de lui, il vole jusqu'à l'intérieur de la camionnette, il est assis à l'intérieur de la camionnette, il est emmené à l'intérieur de la camionnette qui a démarré, il continue de voler même dedans il se dit, et y a des bras qui le rattrapent et le maintiennent, mais Frank il s'en fout complètement.

Je t'aime, il dit, le type, je crois que je t'aime il dit. T'es fou il dit Kévin. Non je suis bien il dit le type, je me sens bien, je suis bien avec toi. J'ai l'impression que j'ai jamais été aussi bien. T'es fou il dit Kévin. Il rit, mais c'est pas méchant c'est plutôt inquiet comme rire. C'est pas parce qu'on a baisé deux fois que tu peux m'aimer. J'ai encore envie de toi il dit le type. On se connaît pas, arrête il dit Kévin. Pourquoi j'arrêterais, merde, pourquoi, je suis bien avec toi, tu crois pas à l'amour c'est ça, tu crois pas que ça peut arriver comme ça. Tu dis n'importe quoi il dit Kévin, allez barre-toi, t'as déjà perdu assez de temps. Pourquoi tu dis ça. Parce que t'y connais rien, c'est pas parce que tu veux me sauter que tu m'aimes. Qu'est-ce qu'il faut connaître, hein, dis-moi, y a besoin de leçons pour aimer quelqu'un il dit le type. C'est pas au premier mec qu'on tombe amoureux, t'es fou, c'est juste que t'es surpris il dit Kévin inquiet. T'es pas le premier mec il dit le type. Pourtant tu l'as dit il dit Kévin, c'est toi qui me l'as dit. J'ai menti, t'es pas mon premier mec. Ah ouais, et t'en as eu combien. T'es pas mon premier mec et t'es mon premier mec. Je comprends pas il dit Kévin. C'est toujours bizarre de baiser un mec, c'est de la gymnastique, un truc difficile, pour moi c'est pas normal tu vois, c'est pas naturel il dit le type, avec toi c'est naturel, c'est la première fois et ça me fait bizarre. Si c'est que ça t'en trouveras d'autres il dit Kévin, t'inquiète, il dit inquiet. C'est avec toi que je me sens bien, juste avec toi, comme jamais j'ai été bien. Combien t'as connu de types il dit Kévin, avant moi, combien, hein. Avant toi, cinq types, juste cinq types. Bon, ben quand t'en auras connu dix autres tu m'appelleras quand t'en auras connu vingt autres, quand tu sauras ce que c'est. Qu'est-ce que ça veut dire il dit le type. Ça veut dire que je t'aime bien, mais j'ai rien pour toi, ça arrive de tomber amoureux mais là je suis pas amoureux de toi c'est tout, je t'aime bien. Ça peut changer il dit le type, tu me connais pas. Y a pas besoin de connaître il dit Kévin, c'est des choses ça arrive ou ça arrive pas. C'est tout de suite, ou c'est pas. Et là ça arrive pas. M'en veux pas. C'est comme ça. Tu peux tomber amoureux tout de suite, ou tu tombes jamais il dit. Ça se sent. C'est un truc sûr il dit, je sais ça. Tu veux pas qu'on se revoie il insiste le type, moi je suis bien avec toi. T'es bien parce que c'est pas comme d'habitude il dit Kévin, parce que d'habitude tu fais ça comment, de rencontrer des mecs, tu les trouves où, hein, dis-moi. Dehors il dit le type, la nuit, tu vas sur les quais ou dans les bois, y a des endroits. Et tu fais ça là il demande Kévin. Ouais il dit le type. T'y connais rien à l'amour il dit Kévin, et tu t'y connais à peine en cul, tu tombes amoureux parce que t'es seul, ça arrive, faut faire gaffe, tu tombes amoureux parce qu'on parle mais t'es pas amoureux, tu le crois, c'est tout, ça va passer tu verras, quand t'auras couché avec plus de mecs tu verras les premières fois on s'attache, à chaque fois on s'attache mais de moins en moins on s'attache, y a pas de vie possible entre deux mecs, y a pas de vie possible entre les gens. Arrête il dit le type et il prend Kévin par les épaules, je te dis que je t'aime je te dis, il le plaque contre le mur. T'es malade il dit Kévin, et il essaie de se dégager, l'autre le tient. C'est toi qu'as dit que t'aimais ça il dit le type, hein, quand on te plaque, t'aimes ça t'as dit. Pas avec toi il dit Kévin, pas avec toi, casse-toi. L'autre il l'embrasse, il le force, le plaque contre le mur, il lui écarte les jambes avec sa jambe, tu vois que t'aimes ça il dit, et Kévin il dit rien.

Ça revient. C'est ça qui est fort tu verras. Ça revient je t'assure. J'y croyais pas moi non plus et toi t'y crois pas encore mais ça revient je te jure, tu verras. Après Fred je me sentais vidée, j'avais plus envie, pourtant c'est moi qui ai rompu hein, c'est moi qui passe pour la garce parce que j'ai rompu, mais c'est parce que je sentais plus rien. Quand je le voyais, je sentais plus rien. Quand on faisait l'amour, je sentais plus rien. J'avais plus envie de le toucher, plus envie de le caresser, de l'entendre, ça me faisait chier tout ça je me sentais mal à l'aise avec lui. Je sentais des trucs mais ça avait pas de mot précis. Un truc de vieux. Sans rire. Un truc déjà fini. J'avais pas envie de rester seule avec lui, et pas envie de sortir avec lui, de le sentir mal à l'aise avec nos copains. Chaque fois qu'on sortait il se faisait chier et il le montrait, genre moi j'ai vécu autre chose, moi je reviens du bout du monde et j'ai vu des choses, vous vous avez rien vu, j'aimais ça au début ça me rendait forte d'être avec un mec qui pense pas qu'à ses fringues et à sa bagnole, qui s'en fout, qui sait où il va, et puis petit à petit ça devenait n'importe quoi. Les soirées où tu t'amuses et lui il s'emmerde alors tu veux pas qu'il s'emmerde et tu pars avant tout le monde, merde, tu commences à vivre par rapport à lui et lui est-ce qu'il vit par rapport à toi tu te demandes, ça commence comme ça. Quand on rentre il se couche, il se met à ronfler, il se lève à six heures comme sur les bateaux c'est son problème merde, et quand il te fait l'amour t'as l'impression qu'il pense à autre chose, tout ça quoi. Quand il parle c'est pour après l'armée, quand il aura sa boîte il sera tranquille, mais maintenant, tu vois, maintenant il se passe quoi, on vit quoi maintenant. Y a un moment où tu sais pas où t'es dans sa vie, tu sens pas que t'es dans le projet de sa vie, il avance lui, il a tracé sa route, mais nulle part tu te sens sur sa route t'as l'impression d'être un wagon qui va le suivre. Même quand il dit qu'il veut t'épouser tu penses et après, toi tu penses et après, c'est pas une fin en soi le mariage, merde, et après, on fera quoi, hein, on fera rien, c'est ça, il sait pas. Il se fixe des buts comme ça où t'es à peine, il s'en rend même pas compte, il croit que t'es dedans mais t'es pas dedans, t'es dedans comme un truc normal, comme une certitude merde, mais lui il sait. Il sait quoi, tu te dis, il sait quoi. On sait rien ni toi ni moi ni personne et lui il sait, il se prend pour qui, hein, y a tout qui te vient pendant qu'il est en mer, petit à petit. Tout ça qui cloque ton sentiment mais que tu gommes, qui cloque tes assurances mais que tu gommes, tu te retiens parce que c'est vrai que tu l'aimes, c'est vrai tu le crois encore, et puis aussi c'est un bon coup Fred, c'est sûr c'est un bon coup, quand il le veut il est génial il te fait grimper et puis tu te dis et alors, à un moment tu te dis et alors. T'en as connu assez des mecs pour savoir si c'est lui le meilleur coup, non, t'en as pas connu assez, et puis ça retient pas, c'est pas ça qui retient. Surtout quand y a pas le reste, quand ça se casse la gueule, ça peut pas retenir, il reste quoi quand il reste que ça une fois tous les deux mois, il reste quoi. Tu te regardes et t'as l'air d'une conne qui attend le retour du légionnaire, on est plus au siècle dernier, le sable chaud, tout ça, ça se construit une histoire, à deux, pas tout seul, pas lui de son côté et moi j'ai rien à dire, pas lui qui sait tout et moi je sais rien, merde. Petit à petit tu te poses des questions et quand tu commences à te poser des questions tu peux quitter le navire je te dis, ça te fait mal parce que ça veut dire que c'est fini, et puis ça se finit vite le vernis que t'as au départ, ça se casse vite le vernis tu sais, et tu cherches quand c'était. Pendant qu'il est en mer tu cherches. Tu fouilles. Tu cherches partout, quand ça a cassé, est-ce qu'il y a un truc en particulier tu vois, un détail, tu cherches. Tu fouilles. Parce que tu comprends pas pourquoi ça craque. Pourquoi ça marche pas. Qu'est-ce qui marche pas. Et tu trouves un truc con. Oui. Un truc imbécile que t'as gommé pendant tout le temps mais le truc il s'est pas laissé gommer lui. Tu te dis c'est pas ça, ça peut pas être ça. Et puis si. C'est ça, ça remonte à ça, ça s'est cassé là et tu l'avais oublié pourtant.

Merde. Tu l'avais gommé bien et ça s'est pas laissé gommer. C'est rien. Et ça bascule. Ça fait tout basculer. C'était juste au début j'ai compris. Ça faisait pas dix mois qu'on était ensemble Fred et moi et un soir, en allant en boîte, on sort de sa voiture, c'était avant l'armée, avant qu'il parte sur ses bateaux mais déjà il avait ça dans sa tête d'aller sur les bateaux. On sort de la voiture et on va vers la boîte et lui il marche devant moi, c'est tout, au départ c'est tout. C'était la première fois. À dix pas je sais pas, ou douze. Devant moi. C'est bête hein, mais juste ça, c'est tout, il marche à dix pas devant moi et je me dis merde c'est ça la vie maintenant, déjà c'est ça, en regardant son dos. Il est à dix pas devant moi. Je me dis alors c'est ça la vie, maintenant, c'est qu'il marche devant moi sans se retourner, sans regarder ce que je fais, il s'en fout, c'est ça l'amour, qu'il marche et qu'il s'occupe plus de me regarder et d'être regardé par moi. C'est cette distance. Et alors au même moment que je me dis ça, tu vois c'est presque drôle au même moment quand y a des choses qui commencent à clocher tout se met à déconner c'est juste un détail qui entraîne tous les détails et tu peux plus rien retenir, ça glisse, t'as tout qui te glisse entre les pattes, y a trois types, ils sortent d'un bar tu vois, ils sortent juste devant moi, ils sont soûls, ils gueulent en riant. Fred il est douze pas devant et il se retourne pas, il entend pas, c'est la première fois qu'il est si loin de moi tu te dis ça c'est la première fois qu'est-ce que ça veut dire et les trois types ils me parlent, ils m'entourent, ils m'entraînent dans le bar, je sais pas, c'est deux secondes tout ça, trois secondes, où tu te rends pas compte de ce qui se passe parce que tu penses que lui il est à douze pas devant toi et pas près de toi, ils t'entraînent, et Fred il s'est toujours pas retourné, il est à dix pas devant toi et il s'est pas retourné. Et toi t'as peur. J'ai eu peur Sandrine. Pour la première fois, j'ai eu peur, vraiment. Et pas d'eux parce que bon ça allait, ils étaient soûls mais ils allaient pas me violer sur le comptoir, mais j'ai eu peur Sandrine. Peur parce que Fred il était plus là, il était plus près de moi, il était à douze pas et il avait rien vu et il était pas là, l'homme que j'aimais il était pas là, tu penses qu'à ça et t'as peur, il est où l'homme que t'as aimé. Ça a pas duré longtemps. Je me suis dégagée, ça va, je peux me débrouiller seule, ça va et ils étaient pas méchants. Je me suis dégagée et derrière la vitrine alors je l'ai vu le Fred, il souriait avec un sourire fade, ennuyé, un sourire qui sait pas, qui comprend pas, qui ose pas gêner, il était là depuis combien de temps je sais pas et pourquoi il était pas entré, putain je me suis dit, ça y est c'est fini, je te jure j'ai pensé ça, le mec que j'aime c'est fini pourquoi il est pas entré, le mec que j'aime et qui me protège qui me jure qu'il me protège, il existe pas. Il est à douze pas et puis après il attend devant la vitre, il entre pas. C'est con, hein. C'est con. C'est nul. Mais je lui en voulais. Je suis sortie. On a pas parlé. Il était gêné le Fred mais il savait pas de quoi. On marchait, cette fois il était près de moi. Il était si petit, j'avais presque envie de le consoler. On a pris un verre dans le premier bistrot parce que j'étais choquée, mais pas par les trois types. Par lui j'étais choquée. On s'est assis. Et on a rien dit. Il me regardait, et après il me regardait plus, il attendait. Je pensais à toute allure. Je pensais ce type-là que j'aime c'est lui qui m'a juré de me protéger c'est pas moi qui lui ai demandé hein, c'est lui, eh ben il peut pas me protéger. Il me protégera jamais. Il sera jamais là. C'est tout ce qu'il t'a dit qui se casse la gueule si y a un seul truc qu'il a dit qui marche pas, c'est tout, d'un coup. Y avait toutes ses phrases qui paraissaient vides, juste des mots. Je réfléchissais très vite. Ça a duré longtemps, ça. Tout le temps que je pensais à côté de lui qui ouvrait pas la bouche, qui avait toujours le même sourire gêné sans me regarder. Putain t'as tout qui s'effondre pour un seul truc tu te dis c'est pas vrai, parce qu'il était pas là, parce qu'il est pas entré. C'est pas vrai. Je me suis dit c'est fini, te mens pas, c'est fini, suffit d'un rien comme ça et c'est fini, c'est de la merde la vie. C'est con. Un truc aussi bête, un truc aussi bête, faites-moi revenir cinq minutes en arrière, juste cinq minutes pour que je le retrouve mon homme comme je l'ai aimé mon homme. Juste cinq minutes et je lui prends le bras, je marche à côté de lui et rien peut arriver. Il se passera rien et tout sera comme avant. Il sera pas douze pas devant moi. Il se passera rien et je serai près de mon homme pour toute la vie. Cinq minutes, putain, cinq minutes, tu penses qu'à ça, et tu serais encore bien dans ta vie, ça continuerait comme tu voulais ta vie. Mais non. Tu reviens pas en arrière. Jamais ça t'est donné ça. Tu restes là où t'es. Tu te dis merde c'est fini, c'est rien mais c'est fini. Tu comprends que t'auras plus jamais confiance en lui et presque il y est pour rien. Et en même temps mais vraiment en même temps je me suis dit non, arrête, c'est pas possible, continue, c'est pas sa faute, c'est pas la tienne, c'est juste une merde qui est arrivée là, mais c'est rien. C'est cassé mais tu peux recoller je me disais, si t'aimes quelqu'un tu peux recoller, tu peux y arriver, tu l'aimes, ce mec te fait vibrer, tu peux recoller, il te fait chavirer mais il a rien vu c'est tout c'est à toi de recoller les choses maintenant. Tu peux pas lui en vouloir. Il était douze pas devant toi et il a rien vu. Mais pourquoi il était douze pas devant toi tu te dis. Ça tourne. Tout en même temps. Tu peux casser maintenant et pourquoi tu casserais, la vie c'est pas un roman faut faire avec le vrai, avec les merdes qui te tombent sur le coin de la gueule. C'est à toi de décider. C'est un moment où c'est à toi de décider toute seule. C'est dur Sandrine. C'est dur, tu peux pas savoir. J'ai mis, je sais pas, dix minutes, un quart d'heure, je sais pas, avec tout qui tournait. Pourquoi il était dix pas devant moi, merde, ça veut dire quoi, c'est que c'est fini c'est ça, tu sens ça, ou c'est juste une merde et tu vas pas te gâcher la vie pour une merde. Et j'ai recollé, Sandrine, j'ai recollé. Je te jure. J'ai décidé je recolle. Je lui fais ce cadeau-là, je recolle. C'est moi qui décide, c'est moi seule qui peux sauver notre histoire, là, maintenant, c'est moi. C'est moi qui ai tout entre les mains. Et je lui ai souri. J'étais bien. Je me disais tu peux sauver ton histoire, c'est toi qui as tout entre tes mains c'est fou comme tu te sens puissante, tu te dis je sauve notre histoire, je lui fais ce cadeau, je nous fais ce cadeau, je lui fais ce cadeau. Tu te sens grande. Tu te sens forte. Tu te dis de toute façon je vais oublier parce que ce mec je l'aime, ça va s'effacer. Et j'ai même oublié la cassure, je te jure. Ça m'est sorti de la tête, la cassure. Je la voyais plus. Ou plutôt j'étais fière de moi, d'avoir réussi à dépasser ça. J'étais fière, oui. Confiante. Fière d'être adulte je me suis dit, et de passer par là-dessus. Même d'être plus adulte que lui, qui était un petit garçon, là. J'étais heureuse et fière de moi. Pendant des mois. Et puis ça s'est dégringolé petit à petit, pour d'autres choses peut-être, t'en sais rien et tu pourras jamais savoir. Sans qu'on s'en rende compte. Peut-être c'est la vie de tout le monde. Ou alors la cassure elle s'était pas bien recollée. Je sais pas. Y a des trucs en plus. Des fatigues. Mais je pense que la cassure elle s'était pas refermée. Il est parti sur ses bateaux, c'est sûr que ça a joué, ça, pour qu'il parte plus vite. Et quand il revenait je le trouvais beau, tellement beau et fort mais bon, y avait un truc qui était plus pareil. On faisait l'amour vraiment bien. Mais peut-être c'est comme les arbres quand ils commencent à pousser au pied des immeubles tu sais, tu les vois tout petit et puis ça te fout l'immeuble en l'air qui a l'air pourtant bien plus solide qu'un arbre. La cassure elle a grandi sans que je l'entende grandir. Elle s'est ouverte, elle se refermait plus même si je la voyais pas. De moins en moins je le sentais Fred. Je pensais c'est la fatigue. Quand il revenait. Aller le chercher à la gare en espérant qu'il soit fort, de plus en plus fort, et près, de plus en plus près de moi. Et chaque fois, quand je le voyais, y avait l'image de lui derrière la vitre du bistrot, ça revenait. J'en pouvais plus. J'arrivais plus à avoir confiance en lui. C'était dur Sandrine, dur à vivre. Ça te glisse comme du savon et t'y peux rien. Chaque fois c'est pire. T'espères chaque fois et chaque fois c'est pire. Ça se casse la gueule et tu peux rien faire. Tu regardes ça qui se casse la gueule. C'est tout. T'en peux plus. Tu sais pas comment faire, comment sauver, est-ce qu'il y a des choses à sauver, est-ce que ça se sauve, l'amour. Et la dernière fois, quand Fred il est revenu, c'était plus possible, j'avais pas envie de le voir. Ça me parlait plus, c'est tout, ça me parlait plus. Le voir, à chaque fois ça abîmait un peu plus. Il m'a offert une bague. C'était dans le métro. J'avais plus envie de rien, de lui, ou de pleurer, quand t'aimes plus y a rien à faire. Tu t'en veux mais y a rien à faire. Tu fais comment quand t'aimes plus, hein, ça voulait rien dire, ça me parlait plus. Alors après plein de silence, quand on est rentrés, quand il m'a demandé si je l'aimais plus, c'était la première fois que je me posais la question, vraiment, la première fois que je l'entendais comme ça, directe. Jamais j'avais osé me la poser mais tous les jours je me la posais sans me la dire. Et j'ai compris que non, je l'aimais plus. Je l'aimais plus, Sandrine. Ça te coupe en deux quand t'aimes plus. Ça te coupe en deux. Parce que c'est dur de plus aimer, c'est dur de penser que tu t'es trompée et que t'as trompé l'autre dans ta tête et ton cœur bien sûr tu préférerais l'aimer encore, tu rêverais de l'aimer encore et tu donnerais ta main pour l'aimer encore, tu penses qu'à ça, qu'à l'aimer, et pourquoi tu l'aimes plus, pourquoi ça arrive des choses comme ça ça doit pas arriver des fins d'amour, ça devrait pas, tu serais si heureuse si tu continuais à l'aimer tu sais bien c'est à ça que tu rêves. Oui. C'est dur de plus aimer. Et c'est comme quand t'es libérée d'un poids. Non, je l'aimais plus mais je voulais l'aimer mais je l'aimais plus. J'avais essayé de l'aimer après la cassure, mais j'avais pas réussi à l'aimer depuis la cassure. Merde. C'était triste tu comprends. Et ça me libérait, ça, de lui dire puisque c'est lui qui avait posé la question. S'il avait pas posé la question peut-être j'aurais pas réfléchi à la question mais sans doute j'y avais réfléchi puisque quand il m'a posé la question c'est tout de suite que j'ai dit non, je t'aime plus. Et ça te fait mal de dire ça, ça te déchire de dire ça parce que si tu pouvais tu aimerais encore. Mais tu peux pas. T'as envie de pleurer. C'est des morceaux de ta vie qui tombent mais tu peux rien faire. Je lui ai dit je t'aime plus. Avec la voix qui tremblait. Parce que c'est moi qui cassais. C'est dur de casser. C'est dur de faire mal, crois pas que c'est facile, crois pas que c'est simple de dire à l'autre que c'est fini, de comprendre que c'est fini, parce que c'est pas qu'une histoire qui est finie, c'est pas qu'une fin à une histoire, c'est toute ta vie qui change de cap et toi aussi tu penses que t'en sortiras pas. Toi aussi. T'en sors pas pendant des semaines, des mois. T'en souffres. Merde. Bien sûr que tu souffres à plus aimer l'autre ce serait si bien de l'aimer encore mais tu fais comment, hein. Tu te forces. Tu peux pas te forcer. T'as aimé et t'aimes plus, c'est tout, c'est nul tu te dis. Tu te dis l'amour c'est ça alors, le truc que t'as cru toute ta vie c'est juste ça, ça dure pas, merde. Merde tu cries dans ta tête, et t'es seule, t'es même pas partie pour quelqu'un d'autre parce que tu crois pas qu'il y aura quelqu'un d'autre, jamais. C'est juste que tu pouvais pas continuer comme ça. Quand ça capote faut pas s'accrocher c'est du suicide. Mais si tu quittes l'autre c'est pour croire encore qu'il y a des choses possibles. C'est pour croire que l'amour existe. Que là t'as raté, oui, mais que tu sauras pour après. Tu te retrouves seule mais t'as plus cette tristesse à être mal avec l'autre, à avoir mal au ventre tout le temps sans comprendre pourquoi. Même si pendant des semaines tu penses encore à ton mec. Même si tous ceux que tu croises tu les vois même pas, ils sont transparents. Même si tu penses à lui en te disant qu'il a mal, mais qu'il aurait eu encore plus mal si ça avait duré, si ça s'était pourri encore plus. T'es mal. Tu te sens inutile. Tu te sens méchante t'imagines, c'est con mais tu te sens dégueulasse de l'avoir quitté et tu t'en veux, ça dure des semaines, des mois, t'hésites à rappeler, à envoyer un texto, t'as envie, tu commences à écrire ton texto, tu dis pardon de t'avoir fait du mal, tu t'excuses, et puis t'es au bord de l'envoyer mais tu sais qu'il faut pas, t'es au bord mais faut pas, tu te dis je le garde jusqu'à demain et je l'enverrai demain si je dois l'envoyer je verrai, et le matin, quand tu te relis, tu te dis que ça lui ferait encore plus de mal de croire que ça peut recommencer, et que ça te ferait encore plus de mal de recommencer, toi. Et tu l'effaces. Même quand tu rencontres quelqu'un d'autre, un mec bien, un mec beau, tu le vois à peine, tu compares les gestes c'est automatique, tu compares tout, son sexe, sa peau, son histoire, tout ça. C'est pas le bon. T'as pas envie. Et puis un jour, si, t'as envie, ça te reprend, t'as envie d'être amoureuse, t'as envie d'aimer. Un jour ça arrive. Ça peut être d'un autre mec, ça peut être de celui-là, c'est pas grave. Parce qu'y a un moment où tu comprends que l'amour ça arrive pas comme ça, comme on nous l'a dit, le coup de foudre et tout ça, le prince charmant, toutes les conneries où t'as rien à faire. L'amour ça tombe pas du ciel, ça tombe de toi parce que c'est toi qui décides de tomber amoureuse, c'est ta tête, c'est ton corps, t'as envie, ça arrive un jour parce que t'as envie et que c'est toi qui décides. C'est toi qui décides d'être vivante.

Il a pris une barre de fer, un truc par terre pour empêcher les voitures de monter sur le trottoir, quelquefois c'est démonté pour laisser passer un camion et c'est par terre alors il l'a pris et il cogne sur l'abribus, debout, le fute trempé entre les jambes, il défonce le banc et il fait exploser la vitre avec les plans encadrés des parcours qui tombent sur le goudron, il les piétine et il fait exploser la cabine téléphonique et il cogne sur le téléphone qui pend dans le vide, il le bousille, il le massacre, il cogne sur le panneau où y a des affiches de pub et ça explose les vitres, d'un côté c'est une fille à poil sur de la fourrure elle vend un parfum avec la bouche entrouverte genre pute de luxe toutes les femmes sont des putes suffit de les dresser et de les satisfaire voilà ce qu'elle dit maquillée comme personne sort dans la rue, et de l'autre c'est un mec qui flaire une culotte en dentelle et y a écrit un truc du genre soyez inoubliable c'est pour les nanas pour qu'elles laissent leurs culottes en doudous, aux mecs, parce que tout c'est du cul, tout tient que par le cul il crie en fracassant les tubes de néon entre les affiches, tout tient que pour les riches il crie en tapant sur les montants d'acier et puis il lâche la barre de fer, il reste comme ça un moment sans bouger, les mains dans le vide et les sanglots sur la gueule et il se met à courir, il court dans l'avenue, il trébuche, se relève, y a l'autre qui le suit en gueulant tu fais quoi merde tu fais quoi mais Daniel il court au milieu de l'avenue sans l'entendre, il court en hurlant au bord des bagnoles, pas au milieu, juste entre celles qui sont garées et celles qui avancent, c'est tout ce qu'il fait, il crie en courant et les bras grands ouverts, il crie comme il a même pas crié à sa naissance, il pense.

J'ai pas vécu ça, elle dit Monique, après longtemps. J'ai pas connu elle dit. Elle allume une cigarette, elle fume et rejette la fumée lentement vers le côté. Si ça vaut le coup elle dit, je sais pas. Et je sais pas si je t'envie ou pas. Si je t'envie ou pas elle répète.

Elles se regardent de chaque côté de la table. Longtemps. Roberta leur sert un verre. Elles le boivent lentement.

Je sais pas non plus, elle dit Roberta, après du temps.

Elles restent toutes les deux accoudées au bord de la table. Roberta les ressert encore, elles reboivent.

Je t'envie, et je t'envie pas elle dit Monique après avoir reposé son verre. Si ça doit partir comme ça je t'envie pas. C'est trop cher payé, je trouve. Ça vaut pas le coup elle dit.

Je sais pas elle dit Roberta en faisant tourner son verre. C'est pas des trucs qu'on sait. Et c'est pas des trucs qu'on choisit. Ça se fait ou ça se fait pas et puis voilà, j'ai pas d'avis. C'était comme ça elle dit, après du temps encore.

Mais si t'avais su, t'aurais pas accepté ça, t'aurais fait autre chose hein t'aurais fait autrement elle demande Monique.

J'ai pas d'avis, elle dit Roberta en faisant tourner son verre lentement. Tous les jours je pense à ça, et je regarde les autres gens dans la rue. C'est bizarre mais même en regardant les gens dans la rue je me dis que je changerais pas ma vie. C'est bizarre mais je crois pas que je changerais ce que j'ai fait, rien du tout je crois. Même en sachant comment ça finit. Et puis changer quoi. Même en sachant. Non. C'est moi qui l'ai fait. C'est à moi. Je me comprends elle dit.

On est vraiment pas pareilles toi et moi elle dit Monique, après du temps, elle a resservi les verres.

C'est sûr on est pas pareilles elle dit Roberta, on a jamais été pareilles même gamines alors y avait pas de raison pour que ça change, c'est comme ça. On a eu nos vies, chacune, c'est comme ça, on a eu nos vies.

C'est bizarre elle dit Monique. Je te comprends pas, et en même temps je te comprends, mais ça me fait peur. On a été élevées pareil et on a vécu des trucs différents toutes les deux, c'est drôle hein. Alors je t'envie elle dit. Je t'envie pas. Je t'envie pour le plaisir, ça c'est sûr, ce que tu parles de l'orgasme je t'envie je crois, et à la fois je t'envie pas du tout. Qu'est-ce qui reste de ça elle dit, quand tu le vis plus. Je sais pas. C'est un truc de choix. Moi j'ai choisi autre chose ou j'ai rien choisi, c'est la vie qui décide pour toi, en fait, j'en sais rien. Peut-être j'ai choisi de pas souffrir, surtout pas souffrir comme maman, hein, je voulais pas vivre la même chose. Et au fond j'ai vécu la même chose, j'ai fait pareil hein, j'ai accepté. C'est bizarre. Alors je t'envie, et je t'envie pas, en même temps je sais pas expliquer.

Y a rien à expliquer, elle dit Roberta, et elle boit son verre, elle le repose, on vit ce qu'on vit, elle dit.

Quand Richard il m'a trompée elle dit Monique dans sa pensée, comme quand maman elle l'a su pour papa, quand j'ai vraiment su qu'il me trompait, que c'était plus du tout des doutes ni la jalousie de la première fois, c'était sûr, il téléphonait même devant moi et moi j'avais trente-cinq ans, c'est déjà vieille, elle dit. J'ai compris ça. Maman elle avait quel âge hein. Pareil, ou à peu près. Quand elle a su, qu'elle a été sûre. Qu'elle a accepté. En même temps j'avais l'impression que c'était écrit justement, que c'était pour tout le monde pareil et que ça me pendait au nez. Y avait rien à faire. J'étais morte comme maman je me suis dit, ils sont comme ça les hommes, ils nous tuent et on sait rien d'autre. Qu'est-ce que tu veux faire, on t'apprend pas. On regarde juste comment font les parents et les acteurs dans les films, c'est pas pareil. On te dit que tu vas aimer mais on t'apprend pas comment c'est quand ça finit. Tu fais quoi. Faut recommencer ou arrêter, tu sais pas. T'es devant le vide. Tu sais pas. T'as déjà pas l'énergie quand tu comprends que c'est fini et recommencer ça te paraît fou comme idée. Et puis j'allais plaire à qui, hein. C'est la question que tu te poses quand t'es abandonnée, quand tu sens que c'est fini parce que tu t'imagines pas seule, on t'a pas appris à être seule. J'avais trente-cinq ans, moi. Déjà. En même temps à trente ans est-ce que ça aurait changé les choses, je sais pas, à vingt-cinq oui, sûrement, mais après. Un homme ça plaît longtemps. Mais une femme. Un homme il sort, il sort avec des copains, avec des collègues, même il sort seul et personne le regarde bizarrement s'il est seul. Mais une femme. Ça a pas la même durée de consommation elle dit, tu comprends ça s'use et tu vas pas aller au café à côté de chez toi, pour faire quoi. Tu vas pas aller en boîte. Ça c'est des trucs finis avant même que ça a commencé. Tu fais quoi. Tu te sens abandonnée et tu te dis qu'il faut que tu plaises à quelqu'un pour te plaire à toi, au moins ça, te replaire à toi, pour vivre, t'es tellement détruite. Pour sortir de cette mort où il t'a mise, elle dit. Tu penses ça. Trouver quelqu'un d'autre, te raccrocher. C'est pas tant que tu le veuilles, c'est qu'il le faut. Tu te dis que c'est le seul espoir. Et en même temps tu sais que c'est pas dans l'autre qu'il faut mettre ton espoir, c'est en toi, mais t'as justement besoin de l'autre à ce moment-là. Quand t'as plus d'envie. Quand t'es vieille. C'est à ce moment-là que t'as besoin de l'autre, et c'est à ce moment-là que justement t'es morte pour les hommes. Y a nulle part où aller. Et puis recommencer quoi, tu te dis. Recommencer toute une histoire, le début, le milieu, la fin. Parce que ça a toujours une fin, une histoire. Quand y a quelque chose qui commence forcément ça finit. Et puis quoi, elle dit, c'est tout qui doit recommencer à zéro, tout ce que t'as à apprendre en imaginant que tu rencontres quelqu'un, et déjà comment tu rencontres quelqu'un, comment t'as confiance, est-ce que t'as confiance, encore, et rien que le prénom tu te dis, par exemple, un jour ma langue va fourcher si je suis avec un nouveau type, même si je l'aime, même si je l'ai trouvé, même s'il m'a trouvée. Je vais me tromper et l'appeler Richard et même pas dans l'amour hein, même pas quand t'es au lit, juste un jour où t'es fatiguée et où tu penses plus à rien. T'es à table et tu dis tiens donne-moi le sel Richard. Après tu fais comment. Tu rattrapes pas. Si déjà t'as réussi à rencontrer quelqu'un. Et y a pas que ça elle dit. Le prénom c'est déjà difficile mais le reste elle dit, tu imagines, le reste, c'est tout que tu dois apprendre, sa peau, son odeur, sa façon de te faire l'amour, son histoire, ses frères, ses sœurs, ses parents, ses oncles et ses tantes, tout ce qu'il a fait quand il était petit, ce qu'il a fait dans sa vie, t'as plus le courage de réapprendre tout ça, de quelqu'un. Y a un moment où ça te tombe comme de la fatigue, l'idée de réapprendre le tout de quelqu'un. Et de t'en souvenir. T'as pas envie. Et de tout raconter de toi, aussi, tout reprendre à zéro de ton histoire, raconter tes envies, tes échecs, comment ça s'est fini, tout redire. T'as plus envie. Et puis ça va plaire à qui, ton histoire, ton âge, ta fatigue. À personne. T'as pensé que c'était pour la vie, avec Richard, tu vas repenser la même chose avec un autre qu'il faudra réapprendre de a à z. Non. Tu peux pas. Pour que ça finisse comme toutes les histoires, de toute façon ça finira tu te dis, t'as plus confiance, et c'est pas qu'en l'autre que t'as plus confiance. En toi aussi. T'as plus le courage, t'es démolie. Je me suis dit ça, quand j'ai su, j'aurai pas le courage. J'en ai pas l'envie. Tu t'effondres. Y a des gens qui ont le courage, même l'appétit pour ça, la force, pour passer d'une histoire à l'autre, c'est surtout des hommes c'est plus facile pour eux mais t'as aussi des femmes, des jeunes, quand elles sont encore jeunes, qu'elles ont un métier, une maison à elles. Nous on a rien eu de ça. On nous a jamais appris ça. Tu te maries et puis voilà ta vie elle est écrite, t'as pas besoin de métier et t'as pas besoin de maison. Mais quand t'as pas de métier que celui de l'autre, et pas de maison que celle de l'autre, et que l'autre il te trompe tu fais quoi. Je parle pas de ce que t'as déjà dans la tête, qui te casse la tête et te vide. Non. Juste de toi. Ton corps, hein. Tu le mets où. Tu vas où, avec ton corps. Et avec quoi, hein. Tu vas nulle part elle dit. T'es bloquée dans ta vie et y a personne qui vient te chercher, comment tu veux qu'il te retrouve, au fond de la rue des Glycines, hein, l'autre homme de ta vie tu te dis. Il viendra pas me chercher rue des Glycines. Y a personne qui viendra me chercher rue des Glycines. Personne qui me fera rêver. Voilà, j'ai trente-cinq ans et ça y est c'est fini. J'irai pas apprendre un autre homme que je rencontrerai pas de toute façon, je me suis dit. Tu te dis ça. Alors j'ai fermé les yeux. T'acceptes. T'es bloquée. Ça fait plus de dix ans que je ferme les yeux tu vois, ça veut pas dire que je regarde pas, ça veut pas dire que je vois rien, ça veut juste dire que je dis plus rien et comme ça il revient le Richard. C'est la seule façon pour qu'il revienne. Parce que je l'aimais encore et malgré tout on peut aimer pour deux tu te dis, même si c'est pas vrai, même si tu t'en rends compte, ton amour il provoque pas l'amour de l'autre mais au moins de la tendresse, au moins ça tu peux attendre. Malgré la peur, parce que pendant ces dix ans j'ai eu peur qu'il revienne pas. Qu'un soir où bien sûr tu t'y attends pas, il revienne pas. Ceux où il était sur les routes j'avais moins peur c'est bizarre, il rentrait pas parce qu'il devait pas rentrer. C'est pas ces soirs-là que t'as peur. C'est ceux où il doit rentrer, alors même cinq minutes de retard ça me rendait malade, je me disais ça y est il est parti, ça y est il est avec une autre, ça y est il la déshabille, là, maintenant, il la touche, il la couche, ça y est il lui dit des mots qu'il me dit même plus ou des mots qu'il m'a jamais dits et tu te fais du mal pendant des années avec ça, chaque soir où t'entends pas la voiture arriver à la bonne heure. Et même je préférais qu'il rentre et qu'il reparte après avoir changé de pantalon, le voir rentrer et repartir je préférais. Parce que quand il était reparti je savais qu'il était reparti, je l'attendais plus. T'acceptes. En même temps je te dis ça mais bon, la douleur elle est dure. Même si elle s'estompe avec les années. Même si tu cries plus. Même si comme maman tu masques, elle dit et elle prend la bouteille, elle la vide dans les verres jusqu'à la dernière goutte, elle dit t'en as pas d'autre.

Si, elle dit Roberta, elle se lève et elle prend une autre bouteille dans le placard, elle l'ouvre, elle se rassied. Elles boivent. Roberta elle regarde Monique et Monique elle regarde rien.

Tu sais elle dit, une des premières fois où il a fait ça, de pas rentrer de la nuit, une des premières fois, la première fois en fait, après la jalousie, et où j'ai pas dormi de la nuit, et où je suis restée au salon à l'attendre, et où le jour il s'est levé, et où la matinée elle est passée, et où l'heure du déjeuner elle est arrivée, eh bien à midi j'avais pas peur, j'avais pas eu peur et puis je voulais pas lui faire ce plaisir, d'avoir eu peur je me suis dit, je sentais qu'il lui était rien arrivé, tu te dis qu'il te teste, c'est bizarre. Pourquoi t'en sais rien mais tu penses à ça, que même dans la méchanceté il pense à toi. Alors qu'en fait il est juste avec une autre ou il a eu un accident. C'est pareil. L'autre ou l'accident, y a un moment où tu t'en fous. Et en même temps tu sais jamais. Tu penses que tu t'en voudrais à mort s'il lui était arrivé quelque chose et que t'aies rien fait. Toute ta vie ça te poursuivrait. Bon. J'ai attendu. Tu te dis j'attends encore une heure comme ça il a le temps de rentrer, mais s'il a eu un accident et s'il est mort pendant cette heure. Tu penses à trop de choses. Tu te lèves, tu t'assoies. Et puis t'appelles. T'en peux plus de penser, alors t'appelles. Penser à l'accident, ou penser à la fille, c'est pareil. D'abord j'ai appelé sur son téléphone de la société, tu sais les premiers portables qu'y avait pour le travail, le frigidaire comme il l'appelait, à cause de la taille du téléphone. C'est un numéro que j'appelais jamais, mais là j'ai appelé. D'abord ça répondait pas, je m'en souviens comme si c'était hier c'est des trucs tu retiens ça se grave, ça répondait pas, rien, et puis au bout du troisième ou du quatrième appel ça répond mais c'est pas sa voix ça aussi tu retiens, c'est un autre homme, tu te dis c'est la police, un docteur, tu sais pas, et je dis je voudrais parler à Richard s'il vous plaît et t'as envie que le type il réponde très vite que t'aies pas le temps de réfléchir. Le type il dit je sais pas moi je nettoie le restaurant je viens de trouver le téléphone, j'ai soufflé je t'assure. Je dis ah. Il dit oui, le monsieur a dû l'oublier hier soir. À ce moment-là tu sais pas à quoi tu penses, tout ce qui passe dans ta tête c'est du désordre, tu dis mais c'est quel restaurant s'il vous plaît et le type il répond c'est le restaurant chinois, La Pagode de jade, ils ont de ces noms les restaurants chinois tu te dis, faut oser elle dit en riant, comme toutes les pizzerias qui s'appellent Napoli ou Capri ou Vesuvio, La Pagode de jade, c'était tellement je sais pas, comme nom, et tout ça dans la zone industrielle mais bon, c'était je sais pas, je sais pas te dire. Attendre et avoir peur pour un dîner à La Pagode de jade, ça paraît pas marcher, ça va pas ensemble tu te dis. T'es soulagée et puis t'es à nouveau inquiète, c'est en même temps. Bon je me suis dit, s'il a oublié son téléphone à La Pagode de jade et ça me faisait rire rien que de penser le nom, c'est qu'il était soûl le Richard forcément, et ça te fait rire, c'est un truc bizarre, ça te fait rire, c'est nerveux tu peux pas t'arrêter dans ta tête. Mais s'il était soûl il s'est peut-être fait arrêter par la police tu te dis aussi, en même temps. Ou il peut avoir eu un accident. Ou être avec la fille qu'il a invitée, mais là t'oses pas demander s'il était seul ou pas seul, t'as trop peur de la réponse. Tu préfères l'accident. Ou la police. Il peut être où. On sait pas. Être blessé. Être dans le coma. Et là j'ai eu très peur, c'est drôle, juste après le rire tu vois. Mais en même temps c'est pas moi qui ai inventé la peur, hein, tout le monde aurait fait la même chose, alors j'ai commencé à appeler les hôpitaux. T'as un service général des hôpitaux et ils te disent que non ils peuvent pas te renseigner encore ils ont que la liste des blessés de la veille, jusqu'au soir à six heures t'as pas les blessés de la nuit et du jour même. Pour savoir, tu dois rappeler le lendemain et tu te dis que tu vas devenir idiote à attendre jusqu'au lendemain si tu penses qu'il est blessé. Tu veux pas penser ça. Alors t'appelles ailleurs pour pas devenir complètement idiote, pour t'occuper le temps et pas penser à ça t'appelles la police, au moins t'agis, quand t'appelles tu penses pas, et les gendarmeries y en a qui te disent qu'ils ont pas le droit de te répondre ça t'avance, d'autres qui te disent quel nom vous avez dit. Tu répètes le nom de ton mari et en répétant le nom de ton mari tu sais plus si tu parles d'un criminel ou d'un mort, la police ça me fait toujours peur, même quand t'as des contrôles dans la rue t'as l'impression d'être en faute, j'ai toujours ça, moi, l'impression d'être en faute, je rougis, alors au téléphone, pour ton mari, c'est pire. Tes fautes tu les assumes mais les fautes de l'autre. Et t'en as qui te demandent même pas qui t'es et qui te disent tout de suite ben vous en faites pas il est juste allé voir une fille il va revenir. T'en as qui te demandent, eux, qui t'es par rapport à lui et qui sourient au téléphone quand tu dis que t'es sa femme, t'as l'air bête, tu sens qu'ils sourient, tu le sens au silence qu'ils ont quand tu dis que t'es sa femme, et bon, tu sais toujours rien, ils disent faut pas vous inquiéter. À un moment toi t'as fait tous les commissariats, t'as fait tous les hôpitaux et tu sais toujours rien et c'est pire tu sais plus quoi faire. Là, la peur elle te reprend, t'as peur qu'il soit mort, qu'il soit avec une fille, tout, blessé, arrêté ou mort et en pensant qu'il est mort tu comprends comment tu l'aimes Richard, c'est en pensant à ça que tu le comprends, que tu l'aimes, qu'il te manque. Alors je l'aime au moment que j'ai peur tu te dis, elle dit Monique. Oui, tu te dis ça. C'est comme ça. Quand t'as plus autre chose pour savoir, t'aimes ou tu comprends que t'aimes quand t'as peur. Et tu sais plus si t'as peur pour lui ou pour toi, t'as tout en désordre. Tu sais plus si c'est de l'égoïsme ou de l'amour, cette peur. Bon, elle dit et elle allume une cigarette, elle rejette la fumée. J'avais écrit tous les numéros sur le calepin des courses, tous les numéros de la police, des hôpitaux, parce que c'est pas des numéros que t'as dans ton calepin normal, t'es obligée d'appeler les renseignements, de demander tous les numéros un par un, et puis tu les notes sur le calepin des courses parce que c'est pas des numéros que tu veux garder, c'est sûr, ça porte malheur ça. Et puis t'as appelé tout ce qu'il fallait appeler, à la fois t'es rassurée parce qu'il est pas sur les listes des hôpitaux et à la fois tu lui en veux de t'avoir obligée à t'inquiéter, à appeler tout le monde, tu marques gendarmerie à côté des numéros des gendarmeries, pour rappeler, et rien à côté des numéros des hôpitaux, ceux-là tu les reconnaîtras tu te dis et en même temps t'y crois pas, tu sais que tu t'inquiètes pour rien, qu'il va rentrer. C'est pas que tu t'inquiètes pour rien d'ailleurs, c'est que c'est plus supportable de croire qu'il est blessé, ou au poste, qu'avec une fille. C'est tout. Tu t'inquiètes sur un mauvais truc pour pas souffrir plus, c'est tout, tu la dévies ton inquiétude. Parce que l'autre inquiétude elle te mine. Celle de la fille, celle de ton abandon. T'attends encore, sans bouger, elle dit, elle fume. T'en peux plus. Alors tu vas te laver. T'attends. Tu t'habilles. T'attends. Tu fais le ménage. T'en peux plus de rester là à attendre. Mais t'attends encore. T'as les images de lui avec elle qui te viennent à la tête, t'as surtout l'idée qu'il se fout de toi c'est ça le pire, c'est pas qu'il te trompe qui est le pire, c'est que ça lui est égal que tu le saches ou que tu le craignes. Alors tu mets ton manteau et tu sors, tu vas au cinéma pour te remplir la tête, ou te vider la tête, et tu te mets à pleurer devant des scènes où les couples ils s'embrassent, ça te fait mal tu t'y attendais pas rien que ça, des couples qui s'embrassent, qui se tiennent dans les bras, qui se mettent la main sur l'épaule, et tu sais pas pourquoi mais là ça te blesse plus que d'habitude c'est blessant plus que d'habitude même si c'est du cinéma et même si tout ça c'est faux tu te dis. Pourquoi ils nous font croire ça, hein, les contes de fées, les mensonges des couples qui vont bien. Et tu sors, t'es en larmes. T'as tellement envie que ton homme il fasse pareil, tellement envie que ça soit comme ça tout le temps parce que toi tu l'aimes même si lui tu sais pas. Il t'a jamais dit en face qu'il t'aimait plus, alors il t'aime encore, c'est ça que tu te dis, s'il l'a pas dit c'est qu'il m'aime et c'est parce qu'il m'aime que je supporte tout ça, c'est ça que tu te dis. T'es en larmes dans la rue, ça te prend comme des bouillons, t'es en larmes. Tu l'aimes et il t'a pas dit qu'il t'aimait plus alors pourquoi il fait ça. Qu'est-ce qu'il essaie de te faire comprendre, t'essaies de comprendre et tu comprends rien. Tu marches dans la rue, tu t'essuies les yeux. Tu reviens chez toi et quand tu reviens il est là. Richard il est là. Et tu sais quoi. Tu sais ce qu'il te dit avant même que t'as eu le temps de penser que t'es heureuse, et que t'es furieuse, avant même que t'as réalisé qu'il est là, tu sais ce qu'il te dit. Il se retourne même pas vers toi mais il dit ça va pas non, d'appeler les hôpitaux et la police, t'es folle ou quoi il dit avec une voix glacée, et de marquer police sur le calepin devant les numéros c'est pour quoi, c'est pour montrer que t'as eu peur, c'est ça qu'il te dit.

Elle s'arrête Monique, elle boit son verre. Elle se ressert. Elle rit. Elle dit t'as envie de le gifler ce connard, et en même temps t'es contente qu'il soit en vie mais t'as envie de le gifler et t'as envie de te gifler, toi. De t'arracher la peau. Je lui ai juste dit Richard si c'est terminé dis-le moi, j'ai réussi à lui dire ça, je pensais pas que j'y arriverais. Il s'est retourné, il m'a regardée de loin, il a dit terminé, il a répété terminé, il a dit je comprends pas ce que tu dis Monique, y a rien de terminé, je t'aime. Alors j'ai rien fait elle dit. Rien. Non, j'ai plus jamais rien fait. Il est encore sorti, après, des nuits comme ça, mais je faisais plus rien, s'il m'avait plus aimée ç'aurait été différent mais là il m'aimait il disait. J'ai plus eu peur. J'ai attendu. J'ai plus téléphoné. Un moment il est beaucoup sorti. Il rentrait à je sais pas quelle heure moi j'allais au cinéma. Et puis il est moins sorti. J'allais encore au cinéma. C'est lui qui attendait. Et puis il est plus sorti du tout. Elle boit son verre. Elle le repose. Je vais toujours au cinéma elle dit, tous les samedis à la première séance, je vais au cinéma, je sais pas ce qu'il croit mais il dit rien, il m'attend. Quand je rentre je suis contente de le voir, rien que de le voir je suis contente, ça m'apaise, et elle écrase sa cigarette dans la bouteille vide.

Roberta elle sert les verres, elle allume une cigarette, elle fume. Je sais pas elle dit doucement, je sais pas si c'est de l'amour, elle dit, ça me fait froid.

Et si c'est pas de l'amour c'est quoi, elle demande Monique en la regardant dans les yeux, hein, c'est quoi ça, tout ça, hein, et elle tape sur la table.

T'y connais quoi. T'y connais rien. T'as rien vécu. Pour qui tu te prends. Tu crois que ça naît comment l'amour, comme ça. Simplement parce que tu le décides. Ça se décide pas tout seul. C'est pas parce que tu m'aimes que je t'aime. C'est pas parce que tu le crois que je le crois. C'est pas un ordre. C'est pas automatique. Je vais t'en présenter moi des mecs si tu veux, tu tomberas amoureux tout de suite et ça durera le temps de la baise. Y en a plein. Qui aiment ça. Et même ils s'aiment vraiment, ils le croient, pendant qu'ils baisent, pendant qu'ils se branlent. C'est facile, ça. Tu crois quoi. Pour qui tu te prends, il dit, debout, et l'autre à genoux qui gémit, pour qui tu te prends. Et il le tape encore. T'es amoureux alors l'autre t'aime, c'est ça que tu crois. Tu t'es regardé. T'as quel âge. T'offres quoi. Tu crois quoi. Qu'on va s'installer ensemble, vivre ensemble, parce que tu m'aimes. Et qu'alors je m'habituerai il dit en tapant l'autre. Qu'on va vieillir ensemble. Qu'on ira à Noël chez tes parents il dit en tapant. T'es qui. Tu rêves quoi.

Pourquoi tu m'as frappé il dit l'autre, qui gémit, pourquoi tu me frappes, arrête.

On me viole pas, moi, il dit Kévin en donnant des coups de pied, je me laisse violer mais on me viole pas moi, si j'ai pas envie, je baise avec qui je veux, quand je veux, mais je mélange pas avec l'amour et c'est moi qui décide. C'est pas toi. Ce sera jamais toi. On a baisé deux fois maintenant tu te casses. On s'est rien promis. On se doit rien. On a baisé, on a eu de la tendresse, faut pas demander plus. Je t'aime pas. Je t'aimerai jamais. C'était pas dans le contrat. Si je commençais à t'aimer parce que tu m'aimes ça serait hypocrite, ça serait par fatigue, par faiblesse, ça serait pas égal. Moi je préfère aimer, qu'être aimé, quitte à en baver je cherche pas le confort d'être aimé par quelqu'un que j'aime pas moi je cherche l'élan. T'y connais rien connard, c'est pas parce que tu bandes que ça te donne des droits il dit en s'accroupissant près du type pour lui parler plus près. Il tape, il caresse, il sait plus.

Arrête il dit le type. Kévin le renverse sur le dos, il l'étale comme ça.

Moi j'ai été aimé, j'ai aimé et j'aimerai encore, je sais ce que c'est, toi tu sais rien. L'amour c'est pas juste deux corps qui se pénètrent et c'est pas un des deux qui décide d'aimer, je vais t'en montrer moi des corps qui s'aiment et des têtes qui s'aiment pas il dit. T'es pas dans l'amour, toi. Tu sais rien. L'amour ça se commence pas et ça se finit pas avec quelqu'un d'autre que tu décides. Ça se commence et ça se finit avec toi tu comprends ça, c'est en toi que c'est pour toujours ou c'est pas. Ça se donne, ça s'impose pas. Moi j'ai aimé et j'ai été aimé et j'ai failli crever quand ça s'est fini parce que ça se finit en l'autre il dit en s'agenouillant sur le type et il tape, il caresse, il sait plus, lentement. Ça se donne et ça s'impose pas. Moi j'ai failli crever quand ça s'est fini t'entends, j'ai failli crever connard et j'ai survécu parce que j'ai envie d'aimer encore, mais pas n'importe qui, pas au rabais, pas par pitié ou paresse. Aimer c'est ce qu'y a de plus beau connard, c'est un cadeau qui te rend beau et heureux c'est pas de la charité. Moi j'ai failli crever quand ça s'est fini il dit et il tape. Ça s'est fini je sais même pas comment le pire c'est ça je sais pas comment ça s'est fini ça a explosé en vol, ça s'est désagrégé, ça s'est éparpillé et jamais j'ai compris, jamais je comprendrai pourquoi ça s'est fini parce que peut-être qu'il y a pas de pourquoi, en amour, peut-être tu peux jamais savoir. Mais j'ai failli crever. Pendant des mois j'ai failli crever de sa disparition, de son évaporation, il a disparu, il est pas parti, il a disparu tu comprends connard, l'amour a disparu du jour au lendemain il a explosé en plein vol et comme si ça avait explosé à l'intérieur de moi ça m'a pulvérisé pendant des mois il dit, et il tape, et il caresse, lentement, les cheveux du type. J'ai cru que je me recollerais pas, que je me retrouverais pas, que jamais plus ça pourrait exister. Pendant des mois je me suis pas recollé et je me suis pas retrouvé. Pendant des mois j'ai pensé que je crevais que c'était fait que j'allais y passer, pendant des mois connard. Pour pas crever j'ai pensé que l'autre était crevé, que c'était mon mec qui avait crevé pour pas oublier l'amour j'ai tué l'autre j'ai dit il est mort parce que c'est ça, quand l'amour ça s'arrête ça tue l'autre, c'est tout ce que ça fait, ça le tue sinon c'est toi que ça tue. Tu sais rien de l'amour toi. C'est tout de suite que ça naît ça te fait chauffer le sang tu le sais tout de suite et c'est long. C'est de la baise et des rires, de la tendresse. C'est parler comme jamais tu parleras à personne, jamais, tu comprends, c'est tout dire que t'as jamais dit, tout entendre de l'autre. Caresser. Se mettre à changer d'odeur par imprégnation de l'autre. Changer de tête, de corps, tu changes en entier. T'es beau. T'es désirable. T'es entier. T'attends de le toucher. T'as plus personne qui existe, plus personne tu comprends et il cogne. Ton mec il est tout et il te dit qu'il veut t'épouser, qu'il veut te faire un gamin, que t'es son frère, son fils, son amant, sa femme, tu deviens tout, son bébé, tu baises comme des chiens et tu baises comme des gamins, tu ries, tu joues, l'amour c'est ça connard pendant tout l'amour c'est rien que des rires et de l'appétit, de la baise tout le temps n'importe où dans la bagnole ou dans la rue ou dans le lit parce que c'est du désir que tu contrôles pas et c'est de la tendresse que tu contrôles pas. C'est beau l'amour connard, et il caresse il sait plus, c'est pas ta charité de merde moi j'ai failli en crever à marcher plié par le mal dans mon ventre, plié, à plus bouffer, rien bouffer parce que ça t'abasourdit quand ça part ça t'abasourdit tu comprends. Tout qui disparaît. D'un coup. Les rires. Ses doigts sur toi, ses mains, ses bras, ses yeux, son sourire. C'est tout qui se ferme quand ça s'arrête c'est de la mort qui te passe dessus. De la mort. Parce que c'est de la vie l'amour. Juste de la vie. Le meilleur de ta vie. C'est pas un choix. C'est pas une décision de toi vers l'autre c'est une chose qui te tombe sur la gueule tu peux pas l'éviter. C'est clair. C'est une évidence connard, l'autre, celui que t'aimes, pas celui que tu baises deux fois dans ta vie. C'est une évidence. Il t'arrive dessus comme un accident et comme la fin du déluge, comme si t'avais connu toute ta vie que le déluge et un jour ça s'arrête le déluge, t'as la chaleur qui arrive, t'as la lumière qui arrive, tu connaissais pas. Avant tu connaissais pas. C'est ça l'amour connard, et il caresse, il tape. T'es aveugle et t'as rien vu et un jour t'es plus aveugle et tu vois tout comme c'est beau. C'est ça l'amour connard. Quand t'as connu tu mélanges plus avec le désir ou l'envie, ça se mélange pas l'amour, c'est unique. Tu peux pas en parler si t'as pas connu, t'as pas le droit. C'est comme si tu parlais de l'Afrique sans y avoir mis les pieds. T'as pas le droit. Tu peux pas parler de ce que t'as pas ressenti. C'est pas un truc que t'apprends. C'est pas un truc que tu copies. T'inventes. À chaque fois t'inventes et ça te cloue. C'est différent à chaque fois connard et il tape. Ça te cueille, ça te fauche chaque fois mais t'aimeras pas quinze fois dans ta vie. T'aimeras une fois, deux fois, trois fois peut-être, t'aimeras pas plus, y en a pas beaucoup sur la terre qui te tombent sur la gueule, des hommes que t'aimeras, y a même des vies où y en a aucun qui te tombe sur la gueule, t'as des vies désertes connard, désertes parce qu'elles attendent juste ce qu'y a dans les films à la télé elles veulent des trucs qu'on connaît déjà alors que l'amour tu connais pas. Tu peux pas connaître. Personne connaît, avant que ça arrive. Tu peux pas te préparer. Quand ça arrive tu sais que jamais t'avais connu ça. Jamais même dans tes rêves ou tes cauchemars, c'est ailleurs l'amour. C'est plus fort. Ça te renverse. C'est du bonheur à devenir con tellement t'es bien. À plus rien faire, tellement t'es heureux. Juste à jouir. Mais vraiment jouir. Comprendre que y a que ça, qui est réel. Jouir de tout. De marcher, d'attendre, de manger, de dormir, de regarder, de sentir, d'entendre ou de rien faire. T'es entier avec toi. T'es entier avec l'autre. T'es entier avec toi parce que t'emportes l'autre avec toi, partout. Tout le temps. T'es double tout le temps. Quand t'aimes, quand t'es aimé, t'es double tout le temps, t'es plus grand que toi, t'es plus épais que toi, plus solide. C'est comme si même ton ombre elle avait du poids. Mais pas un poids qui te gêne, un poids qui te soulève. C'est pas les boulets que tu te traînes toute ta vie avec ta charité de merde et ton amour petit. Ton amour il est pauvre, c'est de l'amour en kit, il est misérable à côté, connard, et il tape, il est préparé comme un plan retraite ou une assurance sur la vie rien que de l'entendre ça me fait gerber, à côté de l'inassurance de l'amour. C'est du désordre l'amour, si tu savais, c'est du désordre. Il est rangé le tien et propre, il fait pas de bruit. C'est de la merde ton idée de l'amour, c'est une idée pour du pavillon à ranger entre le barbecue et la piscine gonflable. Alors il va bien avec là où on vit et avec ce qu'on nous oblige à vivre mais t'es pas obligé, l'amour c'est le seul truc que tu peux créer, il dit et il tape. Parce qu'y a rien dans la vie, ici à faire et à rêver, t'as compris, y a rien sur ce continent, tout est bloqué, tout est rangé, tout est merdique y a rien, c'est petit cet espace qu'on nous laisse, on étouffe. C'est fait pour que tout soit bien propre parce qu'on peut plus rien faire, rien oser. Même l'amour, on peut pas oser, faut rien oser. On doit se restreindre partout, et ranger les poubelles, et se laver pour pas être malade et bien manger et bien faire l'amour à heures régulières parce que tout est bien encadré dans ta vie, par les autres, tout doit être comme tout le monde. Mais c'est pas propre l'amour connard, et il tape. Faut pas que ça soit comme les géraniums et ta vie bien rangés. T'as pas le droit justement. C'est le seul truc qui te fasse sortir de cette merde dans laquelle on t'enferme. L'amour c'est plus grand que ça, ça déborde, ça te renverse tout, ça rentre pas dans les cadres. Ça rentre pas dans tes plans ni dans ceux de ta banque ni dans ceux des sondages. Ça te fait sortir du monde, et c'est pour ça que ça fait peur à tous les gens, aux femmes et aux hommes, et même à toi, connard, il caresse.

Il est attaché au banc, menotté, il a du sang qui coule du menton sur son jogging mais il le sent pas, il le voit, c'est tout, comme un truc étranger même à lui, qui tache le tissu et s'étale, il pense juste que sa mère va gueuler pour nettoyer ça elle fait rien que gueuler depuis toujours elle gueule et le père il se tait, la vie c'est comme ça tu peux pas respirer, y a toujours un truc qui t'enferme, qui t'étouffe il se dit, mais là ça coule la vie alors il écarte les cuisses pour que ça tombe par terre, il respire mal, ça pisse vachement le menton mais il sent rien, ça fait une petite flaque entre ses pieds, bien rouge, il bouge un peu la tête pour élargir la flaque, ou en faire une autre, un autre lac rouge, comme la sauce qu'il met dans le cratère des purées, soigneusement, qu'il mettait dans le cratère des purées il se dit parce que maintenant c'est du passé tout ça, il pourra plus mettre de sauce dans la purée parce qu'il a plus l'âge, à partir de maintenant, il se dit qu'il a plus d'âge vraiment c'est un grand et comme les grands, comme les hommes, il se tait, il pleure pas, il étouffe, il regarde juste la flaque qui le vide de l'enfance et il se tait parce que répondre à tous ces connards en bleu ça lui paraît pas possible, terrés dans leur terrier, surtout aux femmes flics il les trouve laides et pires que les mecs, des sadiques il se dit sans les regarder et sans rien regarder, parce que les images il se les rappelle, les gestes, les menottes qui lui arrivent dans la gueule, ça fait même pas mal, c'est ça qui est drôle ça fait pas mal sur le moment, ça surprend, on saigne et on a reçu un coup de menottes il sait pas dans quel ordre mettre l'addition mais c'est comme ça les menottes et du sang, pour pas qu'il s'envole dans la fourgonnette on l'a retenu d'un coup de menottes dans le menton et maintenant on le laisse pisser le sang, des gens en bleu contre lesquels il faudra se battre un jour, il se dit, parce que ça devient clair dans sa tête c'est la seule chose claire, ça, qu'en le battant ils l'ont vidé de l'enfance en l'obligeant à être contre, alors il fera plus jamais de flaque dans la purée, il a juste gravé de la tristesse sur les voitures, ça vaut un coup de menottes pour dix voitures la tristesse, mais maintenant il est grand, il respire mal, il se tait face à eux il dira jamais rien il le sait, parce qu'on est interdit de parler mais il fera des choses contre, contre tout, il se dit sans les regarder, et sans rien regarder que la flaque entre ses pieds qui le sort de l'enfance, goutte à goutte.

C'était en pleine nuit. Il venait de rentrer. Il est venu dans le salon, de toute façon il faisait comme si j'étais pas là. Je me suis relevée sur le canapé. Je lui ai dit tu m'aimes plus. Ça l'a étonné que je parle. Il m'a regardée. Il a souri. Il a pris du temps. Et puis il a dit je t'aime plus. En face il a dit ça. Calmement. En souriant. J'étais à bout de nerfs tu comprends, à bout de fatigue, je comprenais pas, j'ai dit quoi, j'ai crié, je me suis levée, il m'a dit tu me fais pas peur. J'ai dit t'es un salaud, il a dit on dirait ta mère, j'ai dit t'es vraiment une ordure il a dit tu me fais pitié, j'ai dit t'es rien qu'un porc, il a dit moi je suis en vie alors ta gueule maintenant tu prends tes cliques et tes claques ou j'appelle la police pour te virer et je fous tes affaires par la fenêtre. J'ai eu peur qu'il me batte. Soudain j'ai senti qu'il allait me battre. Il l'avait déjà dit. Je vais te battre avec un bâton il avait déjà dit. J'ai dit arrête. J'ai dit d'accord. J'ai dit pas ce soir, laisse-moi ce soir, Kévin il dort. Il a haussé les épaules et il est allé téléphoner à sa pute. Moi je me suis recouchée et le matin j'ai pris Kévin sous le bras. Je suis partie, sans rien, mais de toute façon j'arrivais pas à y croire alors j'aurais emporté quoi. J'étais soûle tu vois. Soûle. J'ai promené le petit toute la journée, j'arrivais pas à penser. Penser à quoi, je savais pas, à lutter, ou à pas lutter. Y a pas à lutter. Y a à mourir ou à pleurer c'est sûr, mais pas à lutter, quand c'est dit. Plus tu luttes plus tu le dégoûtes, plus il est sûr d'avoir raison plus il s'éloigne et plus tu souffres. Faut couper tout de suite quand c'est dit. J'ai marché toute la journée avec le petit. Faut couper pour que ça soit propre, pour que ça soit net, si c'est net ça peut se recoller tu te dis si ça doit se recoller, et si ça doit pas se recoller ça sera net aussi, tu souffriras moins tu te dis. Je pensais pas à ce que j'allais faire le soir. Le soir ça me paraissait loin. Ça me paraissait une autre vie. Et puis Karine elle avait téléphoné toutes les semaines, et puis on se croisait devant le stade, elle disait qu'est-ce que t'as. Je disais mais rien. Elle disait ça fait des semaines que je te vois plus Roberta, qu'est-ce qu'y a. Je disais mais rien, je pouvais pas. Elle disait si t'as besoin tu viens à la maison, c'est tout, tu poses pas de questions et j'en poserai pas mais tu viens quand t'as besoin. Elle est comme ça Karine, elle a toujours été comme ça, pas de mot en trop. Déjà quand on était petites tu te souviens, c'était la plus solide de nous trois, hein. Eh ben le soir j'avais pas réfléchi mais je savais plus quoi faire, je l'avais oubliée, et j'avais pas envie d'aller chez elle et Yann, ça me paraissait trop difficile, je me disais je tiens jusqu'à la minute d'après, c'est tout, je tiens jusqu'à la minute d'après et après je verrai. Après tu sais pas. C'est pas grave après. Sauf que quand la nuit arrive ça te fait peur la nuit d'après. Et puis toute la journée j'avais marché avec Kévin, je l'avais promené dans la rue et j'en pouvais plus, il fallait changer ses couches, il avait faim, j'avais rien emporté en partant, pourquoi j'aurais emporté des choses, hein. Alors le soir j'étais dans la rue, encore, je m'asseyais sur les bancs ou sous les abribus, je savais pas quoi faire et j'attendais la minute d'après. Je me suis remise à marcher, pour passer les minutes. Et j'ai sonné chez Karine. J'y suis allée sans penser à rien, c'est venu comme ça. Elle a ouvert la porte et elle a dit entre. Je suis entrée. Y avait Yann et les enfants, lui il a eu l'air étonné une seconde et puis il a plus eu l'air étonné très vite. Elle m'a fait le lit, elle m'a servi un verre, je me suis couchée tout de suite et elle a couché Kévin avec les petits. Et le matin, dès le lendemain, j'étais chez José. Je pouvais pas faire autrement. J'y suis allée comme ça. J'allais chercher des affaires je disais, ou je disais rien, elle pose pas de questions Karine. C'était mieux. Elle te juge pas. Elle demande rien. Alors j'ai fait ça tous les jours. C'était automatique. C'était comme une drogue. J'y allais sans penser à rien, fallait que j'y aille. Pendant des jours et des jours j'y allais quand je savais qu'il était pas là, chercher un pull pour Kévin, un jouet. Tant qu'y avait des choses chez lui c'est qu'on était encore ensemble je me disais, ou je me disais rien mais maintenant, avec le recul, je pense ça, je me disais tant qu'y a des trucs chez lui c'est pas fini. Je restais assise sur le canapé. J'étais bien comme ça, juste comme ça. Je regardais les meubles, les murs, rien qui avait changé, même son aquarium que j'avais toujours détesté avec ses poissons d'Afrique ça me paraissait joli. Même si les poissons il les avait traités mieux que moi, c'était drôle, je me disais que quand je vivais là, quand je dormais dans le salon, la nuit il venait nourrir ses poissons dans le salon il allumait les lumières comme si j'étais pas là, j'aurais pu les détester ses poissons quand je vivais encore là, et les jeter j'aurais pu. Mais je vivais encore là je me disais aussi, quand j'étais sur le canapé, je vivais toujours là, c'était chez moi. Je comprenais pas. Même si y avait les mégots de la fille dans le cendrier, très vite elle a pris la place, en même pas trois jours y avait ses mégots partout, y avait des trucs à boire que José il déteste, c'était partout dans le frigo, aussi. Mais même avec ça j'étais bien, je me disais je vis là. Ça me calmait d'être là. Même si je me disais qu'un jour j'allais tomber sur la fille, un jour ça allait arriver. Mais j'étais dans sa maison. Avec ses poissons rouges à lui, ça me fait chier les poissons rouges mais ils sont calmes les poissons. Je restais là. C'était idiot mais ça me calmait parce que j'arrivais pas à y croire. Et puis croire à quoi. Je comprenais rien. J'étais au milieu des preuves de la fille aussi, et j'y croyais pas. Comment ça peut partir comme ça je me disais, ça peut pas partir comme ça, ça peut pas s'éteindre d'un coup c'est pas possible, les poissons ils bougent pas regarde, ça bouge pas, et ça me calmait. Et tous les jours je venais. Un pull, un jouet, des affaires pour moi et pour Kévin, c'est tout ce que je prenais. José il devait voir que je passais mais il s'en foutait, même mes affaires dans le placard elles avaient pas bougé, je comprenais pas. Après ce qu'il avait dit qu'il allait tout balancer par la fenêtre. J'avais peur aussi, en y allant, à chaque fois, à remonter la rue, rien que de remonter la rue j'avais le sang plus rapide et la peur qui montait. Qu'il ait tout jeté. Ou de retrouver des trucs déchirés, à la poubelle. Qu'il ait changé les clés. Je comprenais rien. Je savais rien. Mais je venais, j'en avais besoin. Ça me faisait mal mais j'en avais besoin, je restais deux heures, une heure, c'est devenu de moins en moins longtemps le besoin de rester, et je revenais plus vite. Karine, quand je rentrais avec juste un doudou, ou un biberon, elle posait jamais une question, elle me souriait, elle demandait si ça allait. Elle a jamais dit c'est pas bien ce que tu fais, ou tu devrais pas. Elle continuait à vivre comme d'habitude, et Yann aussi, les enfants aussi, ça me rendait calme de les voir calmes et ça me rendait triste de pas avoir connu ce calme, et de toute façon j'aurais pas aimé ce calme je me disais pour me rassurer. Ils m'ont laissé du temps. Ils m'ont laissée y retourner sans rien dire, et puis moins y retourner. Je rentrais plus tôt. J'avais besoin de parler mais je savais pas quoi dire, par où commencer, ça je le sentais, petit à petit j'avais besoin que ça sorte mais je me sentais comme ses poissons de merde quand tu les sors de l'eau, ils ouvrent la gueule et y a rien qui sort. Y a des moments pareils, où j'ouvrais la bouche et rien sortait. Ils m'ont laissé du temps. Et je me suis mise à parler. C'est venu un jour, à force d'ouvrir la bouche peut-être, t'as un truc que t'as besoin de dire, t'arrives pas encore et puis t'y arrives. Parce qu'avant je parlais pas, mais là je me suis mise à parler, comme jamais j'avais parlé. C'était pour tout vider. Toute l'eau de l'aquarium, c'était pareil, comme si j'avais avalé toute l'eau de son aquarium d'Afrique j'ai tout ressorti. J'ai parlé pendant des jours, avec Karine, ou avec Yann, jamais avec les deux ensemble parce que les deux ça me paraissait un bloc, c'était le soir, dans la cuisine, quand il s'occupait des enfants ou quand elle allait se coucher je parlais avec celui qui était là, et l'autre il nous laissait. C'était pour tout vider. Et aussi c'était pour pas reculer. Pour plus reculer. Quand tu parles ça t'oblige à des choses. Parce que j'avais encore envie de reculer. Encore envie de l'appeler et de lui dire je t'aime, c'était même pas une envie c'était un besoin un truc dans la tête. Et aussi qu'il me dise je t'aime, lui. Oui, qu'il le dise lui aussi. Mais je savais qu'il fallait pas. Je le sentais. Alors parler. Surtout pas revenir en arrière. Jamais. Me retenir au mal qu'il m'avait fait alors que j'avais pas compris que c'était du mal qu'il me faisait. Alors tout dire de ce mal, pour plus pouvoir reculer. Tout dire des tromperies, des menaces, des mensonges et des tristesses. J'ai tout raconté. Y avait plus de gêne. C'était ça ou la mort. Tout vidé mon sac. Pour plus revenir en arrière. Et chaque mot ça me faisait mal parce que c'était un fil que je coupais entre lui et moi, c'était moi qui coupais le fil tu comprends, moi qui le coupais alors que je voulais rien couper, t'as rien envie de couper, puisque t'y crois pas. Mais fallait le faire. Tu peux faire quoi d'autre. Yann et Karine ils écoutaient chacun son tour, ils disaient rien, ils étaient là, ils parlaient juste quand c'était utile. Chacun quand j'avais besoin. Un peu comme les docteurs je pense, qui reprennent juste un mot, celui que tu t'es pas rendu compte. Ils te laissent parler et juste ils reprennent une phrase que t'as dite sans la comprendre, et alors tu la comprends. Ou alors tu te comprends. Mais c'était pas tout le temps. C'était quand j'avais besoin. Ils s'occupaient de Kévin. Ils me laissaient dormir. Ils continuaient à faire comme d'habitude pour me mettre bien, pour me protéger. Parce que personne savait où j'étais, d'ailleurs c'était vraiment un refuge tu comprends, et surtout pas José savait où j'étais. Mais lui il devait croire que j'étais rentrée chez les parents, ou plutôt il s'en foutait. J'en étais sûre et c'est ça, aussi, qui me faisait mal tu peux pas savoir. Alors que moi chaque fois que j'allais chez lui je regardais tout, je pensais à lui, tout me faisait penser à lui. Mais lui, non. Il m'avait rayée. Virée. Et puis c'est venu comme ça. Je sais pas comment c'est venu. C'est venu avec les jours. Un jour j'ai demandé à Yann de m'accompagner, c'était plus de cinq semaines après et c'est long cinq semaines à y aller tous les jours, à te faire mal tous les jours c'est long. Mais j'ai dit là je vais tout emporter, et Yann m'a dit je viens. Et j'ai tout emporté. On a pris la voiture. On est allés là-bas. Il est monté jusqu'au palier et il m'a attendue. J'ai pris les affaires de Kévin, j'ai pris mes affaires, j'ai tout mis dans des sacs. J'avais rien pour tout prendre j'y avais pas pensé alors j'ai tout mis dans des sacs tout en vrac et aussi j'ai pris toutes les photos de José et de moi, toutes les photos de José et de Kévin, toutes les photos de nous trois, j'ai juste laissé celles où il était seul, celles que j'avais prises de lui et puis celles d'avant moi évidemment, d'Afrique et tout ça, les autres j'ai emporté. Et aussi j'ai pris nos cartes postales dans le carton à chaussures. J'ai pris tout ce qui était à nous, tout ce qui était à nous ensemble, pas ce qui était à lui. C'était normal, évidemment. Pour nous effacer de sa mémoire. Il m'avait virée de sa vie. Je nous ai effacés de son souvenir, je me suis dit ça, exactement comme ça, je nous efface de sa mémoire. Je voulais qu'il ait rien tu comprends, qu'il puisse se raccrocher à rien, qu'il puisse jamais nous montrer à quelqu'un, jamais être fier de ces années-là devant quelqu'un. Et même pas devant lui. Que ça fasse un trou dans sa vie, un trou sans rien. Même s'il s'en foutait. C'était pour moi. Y aurait plus que ça dans son histoire, un trou. Avec Yann on a tout mis dans le hall, il attendait sur le palier, je voulais pas qu'il rentre c'était trop personnel toute l'histoire elle était sur les murs et elle faisait sale je trouvais, en regardant comme ça je la trouvais sale, et puis il était jamais venu Yann, je voulais pas qu'il voie ça comme ça parce que ç'avait été beau, aussi. Tous les sacs en plastique on les a descendus et il les a mis dans la rue. Je regardais ça dans la rue, ma vie dans la rue sur le trottoir dans des sacs en plastique. Ça m'a fait peur comme c'est réduit la vie qu'on a quand elle est dans la rue. J'ai tout rangé dans la voiture, vite, avec Yann, parce que t'as honte de voir ça, ta vie si réduite sur le trottoir. Et je suis remontée. Pour vérifier que j'avais rien laissé, qu'il allait bien sentir le trou, le trou sans rien à se raccrocher. J'ai fait le tour de l'appartement, je me suis dit c'est pas assez de lui laisser un trou, juste mon départ, ça va lui faire plaisir juste mon départ. Je voulais faire un truc qui lui fasse mal à José, qui lui fasse vraiment mal, ou qui me fasse du bien, à moi. Alors j'ai pensé à casser les vitres, à découper les draps, le matelas, à vider son putain d'aquarium et laisser les poissons crever dans l'air comme moi je crevais dans l'air, ou au moins à faire crever les deux que je lui avais achetés, les deux poissons que j'avais été chercher dans un magasin spécialisé au centre, oui, je me suis dit je vais sortir les deux poissons que je lui ai donnés, et je vais les laisser crever au bord de son putain d'aquarium, ou je vais écrire sur ses murs. Ou je vais casser ses murs. Mais ça me plaisait pas. Ça lui aurait pas fait assez mal. Il aurait même été content en pensant que j'étais folle, et la preuve il aurait dit. Et puis casser les murs ça fait du bruit et les poissons c'est vivant, je me voyais pas les sortir de l'eau et les laisser dehors sur la commode tu vois, gigoter. Je pouvais pas faire ça. Ça vit quand même. Les laisser crever la gueule ouverte comme il me laissait crever la gueule ouverte, moi je pouvais pas. Alors je me suis rappelé à quoi il tient le plus dans toute sa vie, et qu'il pourrait pas me traiter de folle parce que c'est interdit de l'avoir il m'avait dit. D'avoir ça. Il m'avait dit t'en parles pas, c'est interdit, t'en parles pas hein. Comme un secret. C'était avant, bien sûr, quand on était bien. C'était son fusil. Tu parles que je m'en fichais de son fusil. Même quand il me l'avait montré je m'étais dit ben oui c'est un fusil et alors. C'est des trucs d'hommes, ça, ça me faisait rien, y a qu'eux pour comprendre. C'est pour me défendre de tout il avait dit en sortant son fusil de la housse en cuir, c'était démonté alors c'est moins impressionnant quand c'est démonté c'est des bouts de fer, des tuyaux, des morceaux en bois. Mais lui il était fier à montrer son fusil, c'était du bonheur. Parce qu'il l'avait rapporté d'Afrique, quand il avait travaillé en Afrique sur les chantiers. Il l'avait rapporté et c'était pas autorisé il disait. Il parlait de ça tout le temps, l'Afrique, son fusil, moi si on me fait chier je les bute il disait et je sais pas qui il butait mais c'était comme un trésor son fusil, un truc de gosse qui a pas pu grandir, un truc d'homme qui est pas sûr de lui, je me suis dit tout de suite. C'était une béquille tu vois. Alors j'ai emporté le fusil dans la housse, ou la mitraillette, je sais même pas ce que c'est, mais je savais qu'il irait pas se plaindre à la police puisque c'était interdit. Et elle est toujours là, la mitraillette ou le fusil je sais pas, ou son sexe que je lui ai piqué dans sa housse en cuir qu'il astiquait avec du cirage, et aussi les balles et tout pour tirer, il est toujours dans le placard derrière les draps, il a jamais rien dit parce que c'est son sexe que j'ai volé tu comprends. Il peut avoir fait des enfants à sa pute je m'en fous, j'ai pris son sexe moi. J'ai pris tout ce qu'il est. En plus il a eu que des filles avec sa pute. Moi je suis montée dans la voiture avec son sexe tendu sur les genoux. Vraiment. J'avais l'impression de ça. Tu peux pas savoir l'impression que c'est de voler la force, de lui voler sa force, je suis sûre qu'il a bandé mou, après, elle dit Roberta, j'en suis sûre. Parce que même si j'ai aimé que lui, je lui ai volé sa force. Et après y a eu Daniel. Mais c'est moi qui ai gardé la force. Toujours. Et tu sais quoi Monique. J'en veux pas de cette force. Ça les rend fous cette force. Ça les rend fous quand ils l'ont, et ça les rend fous quand ils l'ont plus, elle dit Roberta.

C'est de la merde ce que tu dis. C'est pas de la vie. C'est tout ce que tu veux mais c'est pas de la vie. La vie c'est plus ça. Ç'a jamais été ça. C'est l'armée ou l'école qui te met de l'ordre dans la tête mais c'est un ordre que t'as que là, à l'école ou à l'armée, ça existe pas ailleurs, cet ordre-là où t'as deux et deux qui font quatre. Parce que deux chômeurs et deux cadres, ça fait pas quatre hommes par exemple, tu sais, tu le sais ça il demande Jérémy, hein Fred, t'en es conscient. Et l'argent que tu gagnes honnêtement, par exemple, c'est pas pour te rendre heureux c'est juste pour te calmer. Pour te faire croire que t'es dans la vie comme tout le monde et pour que tu le dépenses comme tout le monde. C'est l'os qu'on donne aux clebs, c'est pas pour que tu sois bien dans ta vie, c'est ton os. C'est pour que le système fonctionne, c'est ça l'ordre qu'on te dit. Pour que tu sois dedans et que t'aies pas envie d'en sortir. Et l'amour que tu crois eh bien c'est pareil. C'est celui qu'on nous dit, qu'on nous rabâche pour que tout ça, autour, ça tienne. C'est pas de l'amour. Et c'est pas de la vie. Y a pas d'exemple à suivre. On t'apprend à copier mais à copier quoi, qui te ressemble pas, qui est pas toi. T'es con, Fred, ou quoi. T'es vieux. C'est quoi qui t'arrive il dit Jérémy, en fumant le pétard. C'est partout des leçons qui te vont pas, la vie. Des exemples qui te vont pas. Faut faire comme ci, faut faire comme ça. T'essaies de ressembler, d'être le plus près des envies de tout le monde, mais ça marche pas. Parce que t'es pas les autres il dit. Parce qu'on vit pas les mêmes trucs, personne vit exactement les mêmes trucs, alors t'as pas de mode d'emploi. Bien sûr tu voudrais. Savoir comment ça va marcher. Et que ça va marcher pour tout le monde pareil. Bien sûr je voudrais, on voudrait tous. Un mode d'emploi. Ça serait génial. Mais quand le mode d'emploi marche pas, hein, il dit Jérémy, et il ânonne. Leçon un, d'abord vous réussissez vos études, vous avez le diplôme, vous allez en formation. Leçon deux, vous avez un super emploi. Leçon trois, vous vous installez avec la femme que vous aimerez toute votre vie. Leçon quatre, vous avez 1,8 enfant. Leçon cinq, eh ben c'est bon, vous crevez, vous avez fait ce qu'il fallait pour le chenil. C'est ça ton mode d'emploi il dit, et il passe le pétard. Ça va à personne ce mode d'emploi-là, Fred, il marche pas. C'est juste une grille qu'on t'impose. Ça va à personne mais on te le fout tellement sur la gueule que tu crois que t'es obligé de le suivre, c'est pas possible. Tu crois qu'y a pas d'autre vie que celle-là qu'on nous montre et dans un sens c'est vrai t'as pas d'autre vie que celle-là. Si tu veux être bien avec tes patrons, avec les gens autour, tes voisins, avec le quartier. Juste dans ce sens-là. Mais dans ta vie, est-ce que tu seras bien parce que tu suis le mode d'emploi qui va à personne. Tu seras pas bien. Comment tu veux être bien à copier ce qui va à personne, à vouloir ce qu'on te dit qu'il faut vouloir, jamais t'atteins au modèle qui va à personne, toujours il te manque un truc. À un moment forcément tu t'en aperçois que t'as pas fait ta vie pour toi, mais que tu l'as faite pour suivre le mode d'emploi qui rend heureux personne. Tu crois que ça rend heureux d'être quelqu'un d'être comme tout le monde. Tu peux pas. Tu t'épuises à ressembler à tout le monde qui veut ressembler à tout le monde mais qui y arrive pas. Et qui est malheureux de pas y arriver, et qui croit qu'il serait heureux s'il y arrivait. Personne sera jamais comme tout le monde. Jamais. Même en copiant tout le monde en faisant tout pareil tu y arriveras pas, tu verras que ça déconne. Y aura toujours un truc tu t'apercevras que le mode d'emploi il marche pas pour toi. On le suit, et puis il se casse la gueule leur putain de modèle. Ou alors c'est que tu rêves plus. C'est que t'as plus d'envie il dit

Jérémy. Fred il fume, les yeux fermés. Sinon il se casse la gueule leur putain de modèle, et tout seul il dit Jérémy. Ça marche pas. Leur grille elle tient sur rien. Vivre c'est comme ci et comme ça, point. Et aimer c'est comme ci et comme ça, point, t'as pas d'autre possibilité, tout ce qui est pas dans la grille c'est pas bien, alors tu vis pas ce qui est pas dans la grille, c'est ça. Mais tu peux pas vivre ce qu'y a dans la grille parce que ça existe pas. T'es con, Fred, ou quoi. Mais Fred il fume, il dit rien. Y a pas de grille il dit Jérémy, ça peut pas marcher. L'amour on en sait rien ce que c'est, mais on sait que c'est pas ce qu'ils disent. C'est pas ce que tu dis non plus. C'est pas un sacrifice. C'est pas du doute, ni de la fatigue. Quand tu doutes c'est déjà fini, faut arrêter. Et me dis pas qu'aimer ça s'arrête pas quand on veut. C'est de la connerie ça. Si l'autre t'aime plus t'arrêtes de l'aimer, sinon c'est du masochisme. Ça te fait mal mais t'arrêtes, sinon c'est du masochisme. Faut être fou. Faut rien avoir à faire, à rêver, pour continuer à avoir mal. Pour vivre du chagrin pendant toute ta vie. Ton chagrin d'amour comme tu le dis, c'est presque une couronne à l'amour, comment tu le dis. Un sacre à la con. Parce qu'aimer c'est souffrir, on a entendu ça toute notre vie. Et que ça dure pas le bonheur. Et la souffrance elle est au pourcentage de ce que t'as aimé. Merde. C'est des conneries tout ça aussi, il dit Jérémy, et il reprend le pétard. Dans tous les sens c'est des conneries. Plus tu souffres, plus t'as aimé, c'est ça ton truc. Et tu te trimballes avec ta souffrance c'est comme une médaille, moi j'ai combattu sur le terrain de l'amour et j'ai perdu mais j'ai une pension à vie. Si tu souffres c'est que t'as aimé, c'est ça la seule médaille qu'on te donne, la souffrance. Moi je vois pas l'amour là-dedans il dit Jérémy et il fume. Lentement. Je vois que du malheur, je vois pas l'amour il dit. Je vois juste de l'ordre qui revient, bien propre, bien chiant, bien rangé, qui fait marcher le commerce mais pas ta vie Fred. Même la déprime ça fait marcher le commerce. Avec l'alcool, les médicaments que t'es obligé de prendre. Merde il dit, t'es pas déjà con comme eux, t'es pas déjà bouffé par le système. Hein. Ils ont pas fait ça de toi, vas-y, c'est une blague que tu me fais Fred, réveille-toi. C'est pas parce que t'aimes que tu vas souffrir. C'est pas parce que t'as aimé que tu dois souffrir. Et c'est pas parce que t'aimes plus non plus que tu dois souffrir. On se doit rien, Fred. Quand on t'aime plus, toi tu souffres, d'accord, mais aussi t'es pas obligé de rester dans ta souffrance, c'est pas un devoir, c'est pas automatique. Faut encaisser d'accord mais après, tu peux pas en vouloir, vraiment, tu peux pas en vouloir à l'autre si c'est fait propre, si c'est fait comme il faut. T'attends quoi. À la vie à la mort. C'est dit et c'est pour toujours, c'est ça, il demande Jérémy. On doit rien à personne Fred. L'amour c'est un truc que tu sens et que tu donnes au moment où tu l'as, et puis un jour quand tu l'as plus tu donnes quoi. Tu peux plus rien donner. Alors tu donnes quoi, hein il dit Jérémy et il refile le pétard. Tu donnes du mépris même si ça s'appelle de la tendresse c'est du mépris que tu donnes, de l'indifférence, de la fatigue, c'est du mépris de toi et de l'autre que t'arrives plus à aimer. Quand t'aimes plus tu donnes le pire, Fred, tu donnes le pire. Tu supportes plus l'autre parce que tu comprends plus comment t'as pu l'aimer. L'autre il devient quelqu'un de complètement étranger, de complètement ailleurs que ta vie. Tu le comprends pas. Tu le supportes pas. Y a plus rien qui te plaît. Plus rien qui te fait bander. Et tu t'en veux. Tu te dis que ça va passer, que c'est pas normal de plus pouvoir la supporter cette fille que t'as aimée, même ses mots, même ses gestes, tu supportes rien, sa présence quand tu rentres, ses sourires. C'est à ça que tu comprends que t'aimes plus, et tu te dis que t'es dégueulasse de plus l'aimer. Que ça va revenir. T'attends ça. Tu te dis que c'est pas possible oui, ça va revenir, ça se casse pas la gueule comme ça, du jour au lendemain. Alors quoi. T'attends des jours. Et ça revient pas. Tu fais des efforts, t'essaies de te calmer, tu veux rester, tu veux continuer. Et ça revient pas. Parce que tu te forces pas à aimer, Fred, c'est ta seule liberté l'amour, tu le forces pas.

Et le minimum de respect, quand t'as compris, quand t'es sûr, c'est de le dire, c'est de pas pourrir l'histoire. Ça s'oblige pas l'amour, t'y peux rien. Quand t'aimes plus, la fille elle te devient odieuse et toi tu deviens odieux alors tu pourris l'histoire pour que ça soit l'autre qui en ait marre, pour qu'elle t'aime plus à son tour. L'amour c'est dégueulasse quand c'est plus de l'amour. C'est de la lâcheté. T'en arrives à dire des conneries, des saloperies pour que ça casse plus vite. Tu fais du mal. Tu saccages même ce qu'y a eu de beau dans ton histoire. Moi je veux pas rester et pourrir l'histoire, je vais lui dire, Fred, je vais lui dire à Sandrine. Pour qu'elle arrête de plus rien comprendre. De rien vouloir comprendre. On a qu'une vie. C'est pas de l'égoïsme même si ça paraît de l'égoïsme, c'en est pas t'entends. C'est du respect pour l'autre. De lui dire. De la laisser repartir et recommencer. Sur le moment ça fait mal, c'est sûr, c'est dégueulasse, c'est sûr, mais tu préfères quoi, la pourriture qui pousse sur ceux qui arrivent pas à se séparer, à se le dire. Ils ont la pourriture entre eux qui pousse et qui les colle, mais ça fait des années qu'ils s'aiment plus et qu'ils se parlent plus. Des années qu'ils rêvent que l'autre crève sans même oser se le dire. Des années qu'ils ont oublié que ç'avait été bon, si ç'a été bien. Si même ils se sont aimés. C'est ça ta tendresse. C'est ça ton amour quand y a plus d'amour. Quand y a plus d'amour y a plus rien et c'est de la haine. Ça s'installe tellement doucement que t'as même pas le temps de la voir arriver et quand t'as compris c'est trop tard. T'es vieux Fred, ou quoi. C'est ça que tu veux. Quand t'as plus rien faut arrêter. Faut le dire. C'est du respect pour l'histoire que t'as eue. Faut pas se raccrocher. Faut couper net comme ça tu gardes ce qu'y a eu de beau. Ou tu gardes rien. T'as qu'une vie Fred. Dans cinquante ans on est morts ou on est vieux, et on aura fait quoi, hein. On aura vécu cinquante ans avec une nana parce qu'on l'aura aimée deux ans, cinq ans. Ça t'en laisse quarante-cinq de merde et de tristesse. On est pas faits pour vivre ensemble, personne est fait pour vivre ensemble, c'est la nature, on s'emmerde, on se déteste. On est faits pour haïr le plus souvent et le plus souvent ça sort pas des apparts c'est des petites haines qui te foutent en l'air le couple et les gamins, t'as bien vu, ça te fout en l'air deux vies et les vies des gamins. Mais quand ça sort des apparts ça fait des bagarres et ça fait jusqu'à des guerres, c'est quand la haine elle déborde, que tu peux plus la retenir à l'intérieur. C'est ça la vérité, tout le monde a de la haine, Fred, tout le monde se déteste parce que cette vie elle est minable et parce que faut trouver une raison pour quoi ta vie elle est minable alors t'accuses l'autre en silence ou t'accuses l'autre sous les cris ou tu l'accuses sous les bombes c'est pareil. D'abord on te fait croire qu'on aime pour la vie mais c'est pour cacher l'envie de la haine qu'on a tous, l'envie de tout casser qu'on a tous. C'est pour nous mettre en laisse. Pour gâcher même l'amour qu'on a pu avoir, et que la haine elle déborde pas. Mais l'amour ça existe Fred, c'est beau parce que ça dure pas, parce que c'est rare, alors faut le protéger, ça te rend fort, ça te modifie partout, ça te fait rire partout, alors faut pas le gâcher. Faut pas le laisser pourrir, c'est tout ce que je dis, jamais, parce que la haine elle suit, elle prend toute la place, comme à l'odeur elle suit l'amour.

Il n'y a pas de lumière. Tout est dans le noir. Tout se fait dans le noir. Ça se frôle. Ils ne savent pas ce qu'ils frôlent, ne peuvent pas le savoir, juste penser. Des ventres, des culs, des slips sur les culs. Ils se devinent. Se palpent. Ils se cherchent dans le noir. Ils sont habillés. Des jeans, baissés aux cuisses. Des tee-shirts, relevés par dessus la tête, derrière le cou. Ça laisse le torse libre, ça fait se tenir droit. Ils ont juste les manches aux épaules, ils se touchent. Ne savent pas qui ils touchent, sinon eux-mêmes en miroir. Ils sont huit, dix, peut-être quinze dans les couloirs. Qui sentent les vies d'homme et le travail, la sueur et le cul. Le désir. Ils sont penchés, courbés. Ou ils sont droit. Ils avancent lentement. Avec précaution. Ils sortent leurs queues des slips.

Les branlent dans le slip. Branlent celle d'un autre quand ils l'agrippent. Quand ils la trouvent, s'ils la trouvent, après avoir trouvé un torse ils descendent jusqu'au sexe. Tâtonnent. Ils tâtent dans le vide ou sur les peaux. Ils avancent une main devant, et l'autre qui les branle. Sans bruit. Juste des gémissements. Des râles. Ils se croisent et se retiennent les uns aux autres, quand ils se trouvent ils s'agglutinent, à une hanche, un cul, et s'additionnent. Le fouillent. Le caressent. Approchent la queue si le cul est libre, ils se branlent sur le cul, le tâtent, l'enfournent peu à peu, puis d'un coup le possèdent. Ils embrassent des nuques. Se font caresser. Les mordent pour se retenir. Les lèchent. Ils lèchent des mains. Des bites. S'agenouillent. Ils tiennent des hanches et les enfoncent de l'intérieur, par la queue. Ils s'embrassent, aussi. Se couvrent à l'aveugle. Se perdent. Ils se sucent. La queue, le sein, le cou. S'enculent dans le noir. Ils sont quatre sur un seul sans savoir combien ils sont, huit mains qui caressent et le rendent fou ou plus, des mains, des queues qui frôlent les cuisses, les fesses, juste des gémissements, des râles. Des souffles rapides. Pas de mot, aucune phrase, ils ne disent rien. Se cherchent. Ils s'espèrent. Tout le temps ils s'espèrent. Se collent les uns aux autres. Se frôlent. Mélangent leurs langues et se branlent en se fouillant la bouche et d'autres malaxent leurs culs, leurs dos, en même temps, ils ne savent pas qui les touche. Personne ne voit personne, c'est dans le noir. Dans une cave. Juste toucher un sein, un ventre, et certains gémissent. La chaleur de l'autre. Des autres. Qui ne font qu'un dans le noir. La chaleur du nombre. Un seul énorme, et divisé entre eux, par eux, partout décomposé, partout reconstitué, autre. Un totem. Raide en ses ramifications. Et offert. Une idole. Un corps gigantesque qui se touche lui-même, se vérifie. Mouvant dans la moiteur des souffles. Des mains sur des têtes, dans des cheveux caressés, dans des cous. Surtout des mains. Partout. Nées du noir. Qui agenouillent ou flattent. Des baisers. Des visages dans des cous, enfouis, blottis, et des bouches sur des sexes. Perforées par les sexes dans les bouches, dans les culs. Des enlacements. Un seul entre deux autres, au moins deux autres, c'est dans le noir, dans le mouvement des autres, il est entre le mouvement des autres, dans le roulis. Des bites, des mains, des torses, des jambes, juste des parties effleurées, agrippées quand elles sont reconnues. Effleurées. À l'aveugle. Deviner les corps. Ne pas les voir, juste les deviner. Le deviner. Celui bâti par eux, un corps unique. Les doigts innombrables, des paumes qui caressent, découvrent. Ils se cherchent. S'espèrent. Juste des gémissements, des râles, pas un mot. Ils se lèchent, s'aspirent, s'enfouissent sous les bras, dans des ventres. Sous des cuisses. Se réfugient. Là ils se réfugient. Peut-être ils sont vingt. Ou un seul. Ils forment un seul corps. Ils claquent des culs, caressent des cheveux. Ils entrent dans des culs. Dans des bouches. Dans le noir. Remontent leurs slips et tournent autour des couloirs, la main qui caresse le slip, cette raideur qui les fait avancer. Ils jouissent vite. Lâchent le jus sur une tête. Une cuisse, une main. Qui le porte à la bouche et le boit. L'étale sur un visage, ou sur un dos. C'est un seul corps qui se baise. Qui s'encule et se fait pomper par lui-même. Juste des râles. Pas de mot. Des milliers de mains qui le bâtissent et le révèlent. Le dessinent. Des culs, qui se tendent, qui appellent, offerts, gémissent. Des bouches au niveau des culs, le corps par-dessus tête. Des amalgames. Qui gémissent, et râlent. Un seul corps qui prend, et qui est pris. Des souffles brûlants. Sur une joue, entre des lèvres des souffles qui restent. Longtemps. Les langues enlacées et l'odeur de soi multipliée. La soûlerie. Après la jouissance ils continuent. À se chercher. Eux-mêmes, dans l'autre. S'enlacent eux-mêmes, dans l'autre. Continuent à encore toucher l'autre. Attendre plus. Et toujours autre chose. Des peaux maigres. Des corps musclés. Qui se devinent et se caressent. Ne se reconnaissent pas. Une main dans une raie, douce, passe, excite. Une bouche qui tète un sein, l'avale, et des doigts sur un ventre, des joues. Toutes les parties du corps éparpillées et qui le recomposent, différent à chaque instant. Des râles. Des souffles rauques. L'odeur forte des sexes, des sexes offerts, qui prend à la gorge, et soûle. Les salives. Le jus qui coule des culs et des bouches. Le corps multiplié, mais seul. Absolument seul. Qui connaît ses propres mouvements. Se décompose, se recompose. Et jouit de lui-même, simplement de lui-même, respire et se régénère en lui. Comme une reine d'insectes.

Il court vite et tout seul dans les rues, l'autre il est loin derrière alors il court vite et tout seul mais il le sait depuis toujours qu'il est seul, ou qu'il marche seul, et qu'on vit seul, y a pas besoin d'avoir fait des études pour le savoir qu'on est seul même si là il pense à rien, en courant, c'est juste une évidence comme l'air, qu'on vit seul, qui lui vient dans la tête ou la traverse. On court seul. Il court seul et longtemps et sans but et soudain un but se forme, à la course, se dessine, au milieu des rues est ce but qui vient seul, apparaît, et c'est même sans le savoir qu'il le sait, qu'il le voit. C'est venu tout seul dans sa tête, sans réflexion, ce qu'il va faire, il le sait, soudain, à un moment dans la course vers rien il est allé vers quelque chose, c'est son corps qui sait et qui le dirige, parce que la tête sert à rien, il le sent, qu'à bloquer le corps. Son corps veut autre chose, et décide. Alors il court. Il transperce les rues, les avenues, et y a personne c'est le soir qui tombe il a pas à éviter les voitures ou des camions tout est vide dans les rues et d'ailleurs il s'en fout, il est ivre. Son corps est ivre dans la nuit, et hurle. Et c'est pas dû qu'à l'alcool. C'est plus grand. Oui, plus vaste. C'est presque du bonheur, quelque chose de hargneux. Y a le soir qui tombe. Et il court. C'est presque un apaisement. Genre certitude comme jamais il a eue. Confiance folle. Jamais il a su aussi bien ce qu'il avait à faire, et la peur elle s'envole dans la course comme de la crasse qui fuit dans le vent. Il a plus peur, plus peur de rien, juste cette hargne, il sait pas d'autre mot, et il court. Il a plus peur de lui, d'abord, c'est quelque chose de nouveau ça, même s'il pense à rien il sait que cette peur est partie c'est tout son corps qui le sait, ou le sent, puisqu'il hurle dans la course, au milieu de la rue. Il a plus peur de faire des conneries, parce qu'il s'en fout, il a plus peur de faire mal en faisant ce qu'il fait, il a plus peur d'avoir peur ou de faire du mal, aussi, aux autres, il surveille plus ses gestes puisqu'il court en hurlant et qu'il sait qu'il faudra plus jamais s'arrêter de courir. Jamais. Les autres existent pas. Y a personne. Personne que soi. Qui gueule parce que y a que gueuler qu'on peut faire, même dans le vide. Il a plus peur des hommes qui l'ont viré, ou des hommes du chômage qui disent qu'y a rien à faire parce qu'il est trop vieux et pas assez qualifié, etc., ça a plus d'importance. Il a plus peur de sa femme, là, en courant, ni de ses enfants à qui il peut rien dire, il a plus peur de rien faire, d'être inutile, c'est tellement con le chômage, d'être décidé sans soi et par les autres, d'être utilisé et jeté, par les autres, maintenant il est ailleurs. Jamais il sera pauvre, il le sait. Il pourra plus l'être. Il l'a décidé dans la course en hurlant. Et jamais il sera comme les rejetés dans la rue, dans le métro, avec leurs voix basses et timides, ces poubelles que provoque le monde et que jette le monde, en s'en foutant. Jamais il aura honte c'est fini il le sait, il le sent dans la hargne. Il a tellement eu honte, même de vivre, et de pas être aimé, alors ce temps-là c'est fini de la honte et d'avoir peur, c'est fini. Faut plus y compter. Y a tout ça qui est sûr dans sa tête même si sa tête réfléchit pas là, elle obéit, elle ordonne rien, elle court aussi. C'est tout qui court, et jamais il tombera c'est fini ce temps-là. Il tombera plus. Pas plus bas. Il a cette hargne de décider qu'il tombera pas plus bas. Jamais alors il aura à dire qu'il est au chômage et qu'il est pas capable depuis six mois de trouver du travail est-ce que c'est pas être capable, de chercher et de pas trouver hein, est-ce que c'est pas être capable de pas être capable de vivre dans tout le système parce qu'il vous gicle, il vous vire. Jamais il aura honte de lui, maintenant, jamais, d'être, d'avoir été laminé, pressé, et jamais il aura à dire ou à expliquer qu'est-ce qu'on peut expliquer et à qui puisqu'on peut même pas dire les choses à sa femme et à ses enfants, à personne on peut dire les choses, et même pas ça libérerait de les dire à quelqu'un dans un bar, y a personne, on est seul, il le sait qu'on est seul, et il l'a toujours su, ça le fait courir devant lui et il sait où il court.

Au moins tu as les enfants elle dit Monique, toi tu as ça.

Roberta elle nettoie la nappe avec l'éponge, elle sort des assiettes et des couverts du placard et elle les place sur la table. Elle allume la lumière au-dessus de l'évier. Elle dit oui.

Monique elle leur ressert un verre et elle dit ça me manque, des enfants. Elle dit c'est comme ça. Elle se lève de la chaise, elle marche avec le cardigan sur les épaules, qui glisse, elle le rattrape.

Roberta elle sort le rôti du frigo, elle le met dans le plat à four avec l'huile, elle rajoute l'ail qu'elle pique dans le rôti, du sel. Elle se retourne et prend le verre, elle le boit d'un coup, le garde à la main. Elle dit c'est pas aussi facile que ça, tu sais, c'est pas aussi heureux que ça, d'avoir des enfants, en plus tu sais que tu les lâches dans des trucs difficiles et encore plus difficiles que pour nous ça l'a été, alors. Elle repose le verre, elle dit si au moins pour nos gamins c'était mieux tu vois, si le monde ça avançait, ça s'améliorait, on pourrait accepter de pas être heureux nous puisque pour eux ça serait mieux, si c'était vraiment mieux. Ce serait moins dur.

Monique elle est à la fenêtre, elle dit je sais pas si c'est mieux ou pas, on a pas le temps de s'en rendre compte, avec la vie.

C'est pas mieux elle dit Roberta en regardant le lustre, c'est pire. On peut pas se voiler les yeux. C'est de plus en plus difficile et ça devient la jungle. Regarde les nouvelles, regarde juste comment ça tourne, le monde. C'est n'importe quoi, ça fait peur. T'as l'impression que y a que les plus forts qui vont s'en sortir, et que les autres on les protège plus, les autres c'est pas important, et puis y a trop de monde dans le monde. C'est leur libéralisme, là, comme ils disent. C'est tout pour l'argent, c'est pas pour les gens.

Je sais pas, elle dit Monique, à la fenêtre, elle s'adosse au chambranle de la fenêtre, c'est des choses ça te paraît toujours pareil en pire chaque fois, juste des catastrophes de plus en plus catastrophiques, tu sais pas où ça s'arrête, alors moi je regarde plus, et ça me regarde plus, j'ai l'impression de pas être dans le monde, de plus être dans le monde, avec simplement Richard à m'occuper, et moi, j'ai rien à apprendre à quelqu'un.

Mais tu sais pas quoi apprendre à tes gosses, tu sais plus ce qui est vrai elle dit Roberta tu veux leur apprendre quoi, hein, et elle retourne à la gazinière. Elle rajoute des herbes sur le rôti, lentement. C'est ça qui est dur elle dit, tu peux rien leur dire dont t'es sûre, rien que t'as vécu et qui a marché vraiment bien. Y a du temps entre nous, entre les enfants et nous. Trop de temps. Et trop de choses qui ont changé pendant ce temps. Tout a changé. Les filles tu peux pas leur dire qu'elles vont se marier et être heureuses, qu'elles auront des enfants, et que ça leur suffira pour une vie entière, et les garçons tu sais même plus si les études ça sert à quelque chose, tu sais plus rien, leur dire qu'ils vont avoir un beau métier tu peux même plus. De toute façon tes gamins ils sont petits, et d'un coup ils sont grands, ils sont plus les tiens. Un jour c'est des étrangers. Tu leur parles comment. Tu leur dis quoi. Tu sais pas. Kévin, je sais pas ce qu'il fait, il a arrêté sa formation, il bosse un peu avec son père dans sa boîte de gardiennage mais sinon je sais pas ce qu'il fait et je veux pas savoir, ça me regarde pas, même si je sais, je veux pas savoir elle dit. Et Fred, il a choisi l'armée, au moins t'as l'impression que ça c'est du solide mais va savoir aujourd'hui. Elle allume le four. Et Sandrine, elle dit, elle fait sa formation de marketing et je sais pas si ça servira à quelque chose, mais elle est toujours avec Jérémy alors tu te dis qu'elle est casée, au moins ça. Et pour Frank, qu'est-ce que tu veux qu'on fasse, hein. Lui dire de bien travailler. De bien faire des études. Pour arriver où. Et puis quelles études. Moi je sais pas. Elle s'adosse à l'évier, les mains sur le rebord. De toute façon y a un moment où ils t'écoutent plus, où ils s'en foutent. Frank dans deux ans, trois ans, on pourra plus rien dire, et puis qu'est-ce que tu veux dire exactement. On est pas des exemples, hein, on passe sa vie à essayer, juste essayer. C'est des exemples pour personne. Ce qu'on a fait. Même pas pour nous.

Monique elle revient à la table, elle allume une cigarette, elle envoie la fumée en l'air, elle s'assied. Elle dit oui, mais même si c'est difficile y a des jours où je regrette de pas avoir eu d'enfant. Ça me manque. C'est pas que dans la tête que ça manque, c'est pas que l'envie de voir grandir les petits, de les habiller, de les faire manger, de les voir s'amuser. Non. Ça manque dans ma vie. C'est ça. Et ça manque dans mon corps. Parce que ça sert à ça, un corps, tu le sens, c'est en toi. C'est une espèce de besoin. Et moi j'ai l'impression qu'il a pas servi. Qu'il a été inutile tu vois, mon corps. Que je vais mourir pour rien. C'est pas que les enfants ça sert à quelque chose et que ça t'empêche de mourir. Mais bon, t'as l'impression que tu vas moins mourir, peut-être. Je sais pas, elle dit Monique. Et puis y a des jours où pas du tout elle dit en souriant, ça me manque pas du tout, quand tu vois dans quoi tu les lâches comme tu dis. Et puis ça te fait vieillir pendant qu'eux ils grandissent, ça te met juste avant ta mort, des enfants, très vite. Ça te met devant ta mort. Quand les parents ils sont morts c'est toi qui es sur la ligne de départ, ou d'arrivée je sais pas. Mais y a des jours où tu te dis que ç'aurait peut-être changé des choses, si j'avais eu des enfants. Si on en avait eu. Qu'est-ce qu'on en sait. Tu te dis que Richard il serait pas allé voir ailleurs, par exemple. Ou t'espères. Parce que ça les travaille aussi, les hommes, d'avoir des enfants, même s'ils le disent pas. Tu sens qu'ils veulent laisser une trace, et Richard je voyais bien que ça le travaillait, y a un truc avec la virilité là-dessus, être stérile c'est comme être impuissant pour eux. En même temps c'est idiot comme idée, si j'avais eu des enfants, parce que ça lui aurait rien empêché, quand ton homme c'est un coureur, c'est un coureur, y a rien à faire. Mais t'as peur que ce soit ta faute. Que ton corps il soit pas comme les autres puisqu'il peut pas faire d'enfants. Est-ce que c'est ta faute ou est-ce que c'est la sienne tu te dis pendant des années. D'ailleurs peut-être qu'il en a laissé sur les routes, depuis le temps, c'est ça qui me faisait peur. De pas avoir été à la hauteur, de pas avoir été une femme en entier tu comprends, et c'était une excuse pour qu'il soit pas là, je comprenais qu'il aille voir ailleurs, pour avoir un enfant. Pour faire un gamin ailleurs, et puis qu'il aurait suivi la fille qui lui aurait fait un enfant, pour ça on peut suivre une fille. Et là ç'aurait presque été normal je pensais, qu'il parte pour une vraie femme qui sait faire des enfants. J'ai eu peur de ça tout le temps. Et j'ai tout accepté à cause de ça. En pensant que c'était moi qui pouvais pas tout donner de ce qu'on peut donner. Mais maintenant, elle dit. Elle fume. Elle ressert les verres. Ce qui est drôle c'est que je pense que c'est lui qui pouvait pas en avoir. S'il en avait eu j'aurais senti qu'il en avait. Je crois que c'est lui qui pouvait pas. Mais je lui dirai pas. Simplement on est seuls tous les deux. Ça fait pas les mêmes couples, quand t'as pas d'enfant, et puis t'es regardée autrement aussi, quand t'as pas d'enfant, par ta famille, par la sienne, par les gens du voisinage. Il manque quelque chose, pour toi, et pour les gens, t'es pas comme tout le monde.

C'est juste des angoisses elle dit Roberta, pour les gosses c'est d'abord des soucis tu sais, le bonheur c'est pas beaucoup et même est-ce qu'y a du bonheur vraiment est-ce que toi tu le sens, c'est quand ils sont petits, et encore. Faut arrêter de dire que c'est de la joie et que la joie elle est obligatoire. Que dès que t'as un gamin t'es heureuse, c'est pas forcé. Et puis y a un âge où même pour toi ça devient quelqu'un d'autre ça vient vite, et t'es là, autour de la table, t'as que des gens que tu connais pas. Que t'as faits. Et que tu connais pas. Tu les regardes. Tu cherches des choses que tu pourrais comprendre, d'eux, et puis non, elle dit. Elle s'assied Roberta. Y a rien elle dit. Et puis même s'ils nous ressemblaient, même quand tu trouves un truc qui te ressemble et c'est pas toujours agréable de voir que ton gosse il est comme toi, c'est bizarre, t'as envie qu'il soit mieux quand même, qu'il soit différent et qu'il soit pareil, eh ben même s'il te ressemble de toute façon on vit pas les mêmes choses. Forcément on serait différents. Tu les regardes sans les connaître. Et tu te dis c'est mes enfants, ça c'est mes enfants. C'est sorti de moi. Ça. À un moment c'est comme le vertige. Ça te prend elle dit. Elle boit son verre. C'est juste sorti de toi. C'est juste passé par toi. Alors heureusement que j'ai Fred elle dit, lui il est gentil. Il vient me parler, il me demande comment je vais. Lui au moins il demande et ce soir en arrivant il va me dire tu vas bien et ça va me faire chaud au cœur, c'est bête hein, mais lui il me fait chaud au cœur. Et je sais pas pourquoi. Y en a que t'aimes, y en a tu les connais pas. J'en ai eu quatre tu vois, et y a que Fred qui me fait chaud au cœur. Va savoir. C'est comme ça. Les autres je les connais pas.

Elle prend une cigarette et l'allume, elle fume lentement. Elle dit d'ailleurs, regarde, pour maman c'était pareil hein, souviens-toi. Elle a toujours préféré Karine. C'est comme ça, la vie. T'aimes pas tout le monde pareil. Elle jette la cendre. Elle se relève et met le rôti dans le four. Elle prend des pommes de terre dans le filet et elle commence à les éplucher.

Elle dit ce que je me demande, c'est si ça aurait changé des choses, si c'est toi ou moi qu'elle avait préféré maman, quand on était petites, est-ce qu'on aurait été autrement maintenant. Quelquefois c'est des questions que je me pose, est-ce que ça aurait changé des choses, d'être aimées plus, et est-ce que ça aide pour après, tu comprends elle dit.

Monique elle fume. Elle fait tourner son verre. Je sais pas elle dit. Moi aussi je me suis demandé. Elle rejette la fumée.

D'abord je me dis oui, que ça change forcément des choses, quand t'es aimée. En même temps je me dis que ça dépend des gens, pas de l'affection que t'as simplement reçue ou pas, mais des gens, comment t'es fait, toi. T'as des gens tu peux les aimer et ça les change pas, ils sont fermés à l'amour, ça les touche pas, et t'en as d'autres ça les fait s'épanouir, ça les change complètement. C'est qu'on est pas égal sur le cœur. On sent pas tous pareil. Y a rien à faire. C'est comme ça. L'amour c'est juste un cadeau que tu fais, mais que tout le monde veut pas ou peut pas recevoir.

Roberta elle est de dos, elle épluche les pommes de terre, elle fait un tas, elle les coupe en rondelles, elle les pose dans une assiette. Tu sais quoi, elle dit.

Quoi, elle demande Monique.

Ben même si c'est un cadeau que tu fais, elle dit Roberta qui se retourne, que tu fais à des hommes qui en valent pas la peine, c'est un cadeau que tu fais à toi aussi, en fait, et surtout à toi, moi je trouve. Tu trouves pas.

Si, elle dit Monique.

Parce que ça te fait vivre elle dit Roberta, ça te change le temps, ça te change ta vie, même si ça la bousille. Et ça me manque elle dit Roberta, et elle rit, c'est bête, hein. C'est pas que je regrette les saloperies de José, ça, crois-moi, je regrette pas, mais j'ai l'impression qu'à ce moment-là je vivais vraiment, ou que j'avais encore des choses à vivre, et que maintenant je suis bonne à rien, qu'à éplucher les patates elle dit avec l'économe dans la main. J'attends plus rien, qu'est-ce que tu veux attendre. Je m'ennuie Monique, elle dit. Parce que le reste c'est chiant, la vie, le quotidien, si t'as pas ça, l'envie de l'amour, l'envie de plaire, l'envie d'être folle, t'as quoi, hein, il reste quoi. Juste les courses, le repassage, la bouffe à préparer, les soucis d'argent, les maladies qui vont arriver. Je m'ennuie, Monique, elle dit Roberta.

Oui elle dit Monique, après un temps. Oui t'as raison elle dit. C'est peut-être parce qu'on vieillit mais moi c'est pareil si je réfléchis bien, c'est pareil. Quelquefois je regrette quand je l'attendais le Richard, et c'est pas pour Richard, en fait c'était pas pour Richard, que j'avais peur, la nuit, j'avais peur de plus être aimée et j'avais le sang qui battait, j'avais peur que ça soit fini l'amour, de pas avoir d'enfant et que ça soit fini, d'avoir rien, quoi. Au moins j'y croyais encore. Qu'y avait quelque chose, et pas rien. Elle écrase sa cigarette. Elle croise les bras sous ses seins. Roberta elle épluche les pommes de terre.

On pense pas pareil il dit Fred, et même ça me fait peur comment tu penses. Je te comprends, à l'intérieur de moi je te comprends et même je pense que je t'envie, sûrement, y a des moments où je me dis que t'as raison et que c'est toi qui es libre, que t'as tout compris, mais je pense pas pareil, je peux pas. J'y arrive pas. T'es ailleurs. T'es libre, mais j'ai l'impression que t'es seul, que ton amour à toi c'est de la solitude. Du plaisir, peut-être, mais pas de l'amour. J'ai l'impression que t'as pas de cœur Jérémy, peut-être que t'en as pas et qu'en fait t'as même jamais aimé, que tu sais pas ce que c'est. Je crois que tu sais pas ce que c'est. Tu crois que c'est une espèce de contrat, un truc comme ça, entre des gens pareils qui sont d'accord et qui signent ton espèce de contrat il dit, mais j'y crois pas et il se lève du lit, faut que j'y aille il dit. Il fouille dans son sac, il en sort une chemise et un jean, il se change et replie ses affaires, les range. Ça me fait peur comment tu penses, parce que tu penses qu'avec ta tête. Pas avec le reste il dit, pas avec la vie. Pas avec la vie comme elle est. Tu rêves. La femme que t'aimes, c'est pas qu'une idée et quand l'idée elle s'abîme tu la jettes, y a de la chair il dit Fred, y a de la beauté et y a de la laideur, y a de la joie et de la tristesse il dit, tout est mélangé dans l'amour. Il revient vers le lit, il prend le pétard à Jérémy et il fume, debout. C'est trop facile ça, il dit. Il prend une autre taffe et se rassied au bord du lit. Les gens c'est pas des choses que t'arrêtes quand t'en as marre, t'en sors les piles et tout va bien. C'est pas des jouets que t'oublies et qui t'oublient, c'est pas des poupées tu les ranges après usage, c'est comme si tu faisais collec, ce que tu dis, que t'achetais des trucs. Il tend le pétard à Jérémy. Il se caresse la nuque. T'es pas dans le réel, c'est de l'égoïsme il dit Fred, ton amour. Enfin moi je trouve.

C'est quoi d'autre il dit Jérémy après une taffe, hein, c'est de l'égoïsme qui est content, qui est satisfait, tu crois quoi il dit. Au moins je me fais pas d'illusion et c'est comme ça que je pourrai être heureux moi, et puis la fusion ça me fait chier, ça marche jamais, ça te bouffe.

J'arrive pas à te capter il dit Fred.

Le monde il est comme ça, la vie elle est comme ça, ton amour c'est de l'idée de vieux comment tu le penses. On est plus obligé de se taper une fille ad vitam et de la rendre malheureuse parce qu'on l'aime plus, on est libres maintenant, même si c'est triste c'est bien. C'est mieux, forcément c'est mieux. On est libres. On se ment plus.

C'est être seul, ton truc, tu vas être seul, Jérémy, ou t'es déjà seul.

On est seul, arrête il dit Jérémy, qui est-ce qui est pas seul dis-le moi hein, l'abbé Pierre dans ses banlieues de merde, c'est ça ton réel, c'est ça ton amour, c'est juste du sacrifice et après t'es content parce que tu t'es sacrifié. On a qu'une vie Fred, une seule vie, et y a rien après, après on retourne aux plantes, à la terre, au goudron, c'est ça le réel, alors le réel faut le prendre quand il passe et quand il est parti faut le laisser derrière. On est qu'un morceau de chair qui a besoin du plaisir et qui s'est foutu des contraintes sur le dos pour que la société elle tienne. Mais y a rien de naturel dans ces contraintes, c'est que des trucs de bourges qui inventent des limites pour qu'on touche pas à leur confort, c'est ça le réel, c'est rien de plus.

Si, il dit Fred. Le réel c'est d'aller au bout de quelque chose, c'est de prendre tes responsabilités.

La responsabilité il dit Jérémy, tu me fais rire avec la responsabilité, c'est quoi ta responsabilité, par rapport à qui, par rapport à quoi, c'est d'abord d'être heureux, et c'est comme ça que tu peux rendre heureux quelqu'un.

Combien de temps il dit Fred, hein, six mois, deux ans. C'est ça ta responsabilité il demande.

C'est mieux que trente ans de malheur, il dit Jérémy.

T'en sais rien il dit Fred. T'en sais rien si c'est que du malheur. Mais t'iras au bout de rien. Parti comme t'es parti tu te poseras jamais. C'est toi le marin à bordel c'est pas moi, c'est ça qui est bizarre.

Il rejette la fumée Jérémy. Il dit tu fais chier quand t'es comme ça, t'es vraiment le jumeau à ta sœur t'es fait sur le même moule. Tu me soûles grave quand t'es comme ça.

Tu sais quoi il dit Fred, y a un truc que je pense là, depuis tout à l'heure, quand tu parlais que tout le monde achète des trucs, se cache derrière les trucs qu'il achète et que ça fait marcher la société et tout ça, et qu'on vit pas avec tout ça. Eh ben j'ai l'impression que toi t'achètes pas, t'achètes rien tu dis, pas les joggings, pas les casquettes, mais t'es en train de devenir un consommateur d'amour c'est ça que t'achètes, même si y a pas de fric dans l'histoire t'es avec l'amour comme au supermarché, à vouloir de la marque, à vouloir ce que tout le monde a ou ce que tout le monde veut et que personne a, en fait. C'est juste une course. Et puis il hausse les épaules, Fred, il se lève. Il va devant le miroir et se recoiffe, vérifie le col de sa chemise. Bon, il dit, je vais dîner chez les parents.

Jérémy il reste sur le lit, il écrase le pétard. Allez, de toute façon j'aime que toi, il dit, tu sais bien, on aurait dû être pédés.

T'es con, il dit Fred, mais pour une fois tu dis vrai. T'aimes que tes copains et tu sais quoi, ça m'a toujours fait peur les mecs qui jurent que par leurs copains. Parce que c'est pas aimer qu'aimer ses copains, c'est s'aimer soi, c'est être bien avec soi. Ils me font peur les mecs comme toi, oui. Parce qu'il leur manque un truc. Juste un truc. C'est l'autre.

Faut appeler le toubib parce que le gosse il est étalé sur le banc, il a l'air de pas respirer, il aspire comme un poisson qui a plus d'eau et d'abord ils ont rigolé parce que ça va les gamins qui font des sketches on connaît, on a vu ça mille fois, tu nous la fais pas petit con on en a maté des plus costauds alors tu te relèves, mais le gosse il se relève pas, même après une claque et deux claques et même trois et après qu'on l'a bien secoué mais pas trop non plus on sait jamais et puis c'est vrai y a le sang qui coule de son menton mais bon, on sait que le menton ça pisse beaucoup ça impressionne mais c'est pas grave sauf que là il fait des drôles de bruits, le môme, et après c'est pas bon pour les rapports ça, un gosse qui a un accident dans les locaux ça fait pas net vaut mieux prendre ses précautions alors faut appeler le toubib parce que vaut mieux se barder de ce côté-là, que le rapport il soit propre, à 20 h 15, au vu de la situation sanitaire du mineur Frank X arrêté une heure plus tôt, sur plainte du voisinage, pour dégradation volontaire de véhicules sur la voie publique, et rébellion, outrages à représentants de l'ordre dans l'exercice de leurs fonctions, nous, soussigné machin, avons appelé le docteur Y affecté au commissariat et cetera et bla et bla et bla faut les faire ces rapports, qu'y disent pas qu'on a nettoyé le sang en flaque sur le sol parce que ça fait pas propre et même que finalement on a vraiment peur, au final, de lui avoir fait peur à ce petit con et qu'il clamse là, au milieu du commissariat, merde, c'est pas bien vu par la hiérarchie ce genre de conneries, au pire faudra lui foutre des sachets de dope dans les poches mais à son âge c'est pas très crédible encore qu'on en a vu des plus jeunes qui font déjà des trafics, on sait jamais aujourd'hui, et comment on ferait pour savoir aujourd'hui, parce que les jeunes ils servent aux grands, aux grands frères, aux cousins, y a plus d'âge nulle part pour la dope ou la prostitution faudra enquêter sur la famille si y a pas un frère qui trafique y a sûrement un frère qui trafique on trouvera ou un cousin après on est bardés, ça va, pour les connards de journalistes qu'adorent ça fouiller et faire mousser les faits divers, faudrait qu'ils viennent vivre sur le terrain ces cons, avec la peur devant des mômes et la peur devant des femmes tu sais plus rien y a plus de repères dans ce putain de monde aujourd'hui, mais pour la hiérarchie on s'arrange, ça va, on fait le rapport avec la dope et comme ça on a fait le boulot, même avec la bavure, pendant quelques semaines on fera pas de bruit on va se tenir à carreau mais le ministère sera content, ça fait des résultats putain de merde Didier tu l'as appelé ce toubib il est en train de clamser ce gamin, merde, faut faire quelque chose et la famille t'as appelé ou faut pas appeler, y a des moments où tu sais plus quoi faire et c'est pas avec les trois cours de psychologie qu'on te donne que tu vas te démerder et bien sûr le chef il est pas là dans les moments où c'est grave y a jamais personne et tu te retrouves avec un gamin tu sais pas si c'est du vrai ou s'il se fout de ta gueule et tu fais quoi, hein tu fais quoi, merde.

Il court mais ça y est il reconnaît l'école sur la gauche, et le bar, il reconnaît les endroits, il arrive chez lui dans son quartier il reconnaît, de toute façon sa course elle est automatique il pourrait y aller les yeux fermés et retrouver l'escalier les yeux fermés et retrouver l'appartement les yeux fermés et faire tout ce qu'il a à faire les yeux fermés, parce que tout est simple maintenant, tout est clair et se déroule devant lui, chaque acte de vengeance et de haine qu'il va faire dans un enchaînement parfait jamais les choses ont été aussi nettes il sait ce qu'il va faire, c'est sa course qui le sait plus que lui-même et il se sent absolument sûr de lui alors qu'il hurle dans la rue en insultant le monde entier, pour cesser de s'insulter lui, une fois pour toutes.

Je te quitte elle dit, elle est debout devant lui, il est assis sur le lit, elle dit c'est moi qui te quitte, elle reste immobile, un peu raide. Avant qu'on se déteste. Avant qu'on puisse plus se regarder, elle dit. Sans le regarder. Je t'aime, et je te quitte, parce que je sais que tu m'aimes plus. Je le sens. Et je sens que tu me le diras pas. Parce que je sais que tu vas me faire mal, si je reste. Parce que ton silence et ton éloignement c'est du meurtre, c'est seulement du meurtre, elle dit j'ai compris ça. Depuis des semaines t'essaies de me tuer, peut-être même tu le sais pas, peut-être même tu le veux pas, mais c'est ce que tu fais. T'essaies de me tuer Jérémy, même si tu le veux pas c'est ce que tu fais depuis des semaines t'es en train de me tuer par ta façon de pas me voir, de pas me regarder, de pas me parler, de pas m'entendre. Mais j'ai pas envie de mourir, pas maintenant. Pas encore elle dit. Et pas par toi, Jérémy. J'ai eu envie, ça oui, tout le temps que j'avais pas compris j'ai eu envie sans rien comprendre, j'ai même accepté ça, que tu me tues, sans même le savoir j'ai accepté, pendant des semaines j'ai attendu n'importe quoi mais quelque chose, un signe ou que tu me tues, j'ai espéré, j'arrivais pas à croire ce que je sentais alors j'ai espéré comme une conne. Et puis j'accepte plus. Même si tu m'aimes encore. Même si tu crois m'aimer, moi je te crois plus. J'y crois plus. À nous deux. À nous deux dans l'avenir. La fuite de ton amour c'est une violence que j'accepte plus, que je veux plus supporter. Alors je te quitte parce que c'est plus facile pour toi, que ce soit moi qui te quitte. Et plus propre, pour moi. Toi tu laisserais pourrir, tu laisserais tout crever et pourrir pour pas avoir de regret mais moi je veux garder au moins le souvenir de ce qu'on a été, au moins ça. C'est tout. Peut-être que j'en ferai rien de ce souvenir, peut-être même que je l'oublierai. Mais je l'aurai. Et je te quitte quand je t'aime encore elle dit, très droite. Je pensais pas qu'on puisse quitter quand on aime encore, Jérémy, et puis j'ai compris qu'on peut quitter quand on aime encore, pour garder des choses, pour pas en crever elle dit Sandrine. Sans le regarder. Je te quitte parce que je t'aime et que t'es nul Jérémy. C'est drôle. Je te quitte parce que tu m'as fait rêver et que maintenant tu me fais souffrir. C'est drôle, non. Je te quitte parce que j'ai aimé que toi et que je veux encore aimer. Et je te quitte parce que t'es plus le mec que j'ai aimé. Alors celui-là que j'ai aimé il est mort, celui que j'ai aimé il est mort. Oui. C'est la seule façon que j'ai de garder notre histoire, Jérémy, maintenant c'est de penser que t'es mort, sinon c'est moi qui le suis, et je veux plus. Alors t'es à l'agonie depuis des semaines Jérémy, et c'est moi qui te tue, aujourd'hui, en te quittant. En moi, je te tue elle dit, et elle le regarde, c'est une question de survie, pour moi. Et pour supporter ça, ta mort, faut plus jamais que je te voie Jérémy. Je te demande juste ça elle dit, et elle le regarde. Je t'en prie Jérémy. Faut que tu partes et si tu pars pas loin faut jamais plus que tu me parles et qu'on se voie. Si on se croise dans la rue Jérémy faut jamais que tu me regardes, jamais que tu me parles. Si on se croise dans un café, si on se croise n'importe où faut que tu fasses comme si tu me connaissais pas, et je ferai comme si je te connaissais pas. On se regardera pas. On s'arrêtera pas de faire ce qu'on fait, de boire un verre ou de marcher. De parler à quelqu'un d'autre. On fera comme si on s'était jamais connus, jamais aimés, on se sourira même pas. On fera rien. Parce que t'es mort t'entends, t'es mort Jérémy. C'est plus facile pour moi c'est la seule façon que j'ai de pas devenir conne à me demander pourquoi tu m'aimes plus. Je vais vivre sans toi, je vais apprendre ça, à vivre sans toi, sans la certitude de toi tous les jours, sans la certitude de ton odeur, de ta peau, sans le souvenir de ta clé quand t'ouvres la porte, le bruit de tes pas, l'habitude de toi. Ça va être difficile mais j'y arriverai, elle dit. Parce que je t'aime et parce que je te déteste Jérémy. J'ai jamais détesté quelqu'un comme je te déteste elle dit en le regardant, mais lui il la regarde pas, il regarde la moquette. Jamais j'ai autant espéré que quelqu'un crève la gueule ouverte elle dit, et souffre, et en bave. T'es nul et même je m'en veux de t'avoir aimé faut que j'aie été conne je me dis pour avoir aimé un mec qui me largue sans le dire, alors je veux pas avoir été conne, alors t'es mort Jérémy. C'est tout ce que j'ai à te dire. On s'est aimés, mais on s'aime plus, y a rien à faire, je peux pas lutter, je peux pas faire que tu m'aimes à nouveau, alors on s'aime plus. Il suffit d'un seul pour que tout se casse la gueule alors qu'il faut être deux pour que ça marche. Et ça fait des semaines qu'on est plus deux. Qu'on est plus ensemble. On est déjà séparés Jérémy, ça je le sais, même si je le refusais je le sais, je le sens. Ça sert à rien de me battre, j'ai compris. Ça sert à rien d'espérer, elle dit. Elle le regarde longtemps, Jérémy. Elle est adossée à la porte. Elle s'y retient. Et puis elle dit quand je serai sortie d'ici tu seras mort, et je veux plus jamais te voir, parce que même si je te vois je te verrai pas. Elle est adossée à la porte, encore un moment.

Putain, le toubib il a fait une piqûre au gamin et bon ça va mieux, il est sorti des vapes et vite fait il lui a mis un pansement au menton et il lui a nettoyé la gueule, vite fait bien fait on te l'a relevé ce petit con, et on le ramène chez lui avec la sirène et tout parce que faut les impressionner ces connards qui savent même pas tenir leurs gosses, faut leur montrer où il est l'ordre et où elle est la force sinon c'est le bordel ça tourne à l'émeute pour un rien maintenant, on te le ramène vite fait et en force pour pas que les frères ou les cousins ils se foutent en travers, en trois minutes t'en as partout des ados ça te fait une foule et y en a toujours un qui entraîne les autres et ça finit en casse et ils foutent le feu aux bagnoles et t'as la télé qui vient poser ses caméras et après t'as des emmerdes avec tout le monde des défilés silencieux, tu parles que c'est silencieux leurs défilés de merde, alors on le ramène vite fait mais sans montrer qu'on a la peur parce que sinon ça déclenche tout chez les ados, dès qu'ils te sentent pas sûr de toi ils le sentent, comme les animaux ils le sentent ils le flairent et alors ils t'attaquent, alors on y va tranquille avec la sirène et tout, ça les calme pendant dix minutes faut pas traîner beaucoup plus, après on tient plus rien, faut y aller molo et mettre des formes t'imagines alors t'habites où petit, allez dis-nous l'adresse il faut dire gentiment, c'est juste pour voir si t'y mets de la bonne volonté nous on est sympa parce que ton adresse on l'a elle est dans ton cartable, mais il veut pas parler ce petit con une vraie tête de claque le morveux, va falloir le surveiller celui-là, de toute façon on est arrivés dans cinq minutes, on y est devant ton immeuble et tu la ramèneras moins, de monter dans ton immeuble avec quatre flics autour de toi, hein petit con il pense.

Il est dessus. De tout son poids. De toute sa taille. Des pieds à la tête il est partout. De toute sa peau. Il lui caresse les cheveux, il caresse la peau de son visage, les joues, le menton, le nez. Lentement. Fermement aussi. Il sent la peau de son visage qui frémit sous ses doigts. Se rétracte, se contracte. Avec la bouche il sent ça, et les mains, sa bouche sur la sienne, ses mains sur son corps, il sent ça avec sa peau, de toute sa peau, les cils qui battent sous ses doigts quand il caresse les paupières et même l'œil, sous la paupière, il le sent qui bouge, qui bat, sous la paupière, le moindre nerf il le sent, le moindre frémissement, et la chaleur entre leurs corps. Sous ses cuisses ses cuisses qui se tendent, sous son ventre son ventre qui se courbe, se redresse, se plie. Il embrasse l'oreille, le cou sous l'oreille, il le lèche, il mordille, leurs souffles mélangés, l'odeur de son souffle en écho, partout ils se mélangent. Des pieds aux cheveux ils se mélangent tous les deux. Soufflent. Ils s'apprennent. Les doigts partout sur la peau ils s'apprennent, et les ventres s'apprennent, les épaules, c'est chaque partie des corps qui ressent indépendamment des autres, ils sont éparpillés. Concentrés en eux-mêmes ils débordent pourtant d'eux-mêmes. S'accroissent. S'éparpillent sans se perdre. Il empoigne ses fesses. Les caresse. Sa bite sur son ventre se frotte, remonte. S'impose entre eux deux, écrasée entre eux deux. Ils s'embrassent. Ils se regardent proches, se mordent, se mordent eux-mêmes les lèvres et mordent l'autre bouche, sa bouche, mordent les joues, soufflent plus vite. C'est juste du désir, partout en eux et entre eux, juste du désir impérieux, impatient. De sa cuisse il écarte les cuisses. Se glisse. S'écrase de tout son poids. Il caresse le ventre, les hanches, les seins, les tétons. Il mord l'épaule. Les souffles s'accélèrent. Les corps qui se calent, se collent, se posent l'un vers l'autre. Il l'embrasse. Il tient ses cheveux. Il bave sur sa bouche, lentement. Laisse couler de sa bouche vers sa bouche la bave, et leurs yeux se fixent. S'appellent. S'imposent. Implorent. Soumettent. La bouche qui s'ouvre pour recevoir la salive. Les yeux révulsés. Tirer les cheveux pour éloigner le visage, pour voir le visage, pour graver le visage, en soi, pour toujours en soi le visage de l'autre comme à personne jamais il n'est offert. Ni ne s'offre. La beauté du visage. De chaque trait si proche, de la peau luisante, lisse, tendue. Le corps qui se débat doucement sous le poids de l'autre, le reçoit, l'accueille, refuse et appelle bien sûr, l'étreinte. S'offre. Les mains enfoncent le dos de l'autre pour que le corps soit plus lourd, les cuisses qui s'écartent au plus large et enlacent le bassin, le rabattent sur elles, acceptent de recevoir, l'autre. Alors il entre. Lentement, il pénètre.

Il court en hurlant, il voit la camionnette des flics avec le gyrophare qui tourne et des gamins dehors qui s'approchent il traverse les gamins en criant il les pousse et s'engouffre dans l'immeuble, il grimpe les escaliers, il monte au troisième étage en sautant les marches trois par trois c'est urgent, maintenant il sait que c'est urgent et la porte est ouverte il y a des gens à l'intérieur en uniforme il se dit et alors, il se dit que ça le concerne plus tout ça, en hurlant il voit tout et il voit rien, même Roberta là-bas qui cajole Frank il la voit pas et il court si vite vers la chambre qu'il voit pas Fred non plus qui parle aux flics il y a du monde et alors il se dit tout ce monde-là est mort, ce monde-là il le voit pas ou il le voit plus, il court jusqu'à la chambre et jusqu'à l'armoire à linge avec le miroir sur la porte qui le reflète mais lui il se voit pas dans le miroir, jamais il s'est vu dans un miroir c'était toujours un autre qu'il voyait, un pauvre type tellement loin de lui en vrai, un pauvre mec il peut plus le regarder en face parce qu'y a plus rien en face y a juste une ombre, une silhouette qui lui appartient plus, de toute façon ça y est l'armoire il l'a ouverte et tout en haut il y a les draps, il crie mais personne a le temps de réagir parce que ça se fait très vite, il a pris le tabouret en moquette rouge sur lequel Roberta elle s'est jamais assise parce qu'il faudrait une coiffeuse pour s'asseoir sur un tabouret en moquette rouge mais la coiffeuse ils l'ont jamais achetée, juste le tabouret, ça suffisait, ça donnait une idée de la coiffeuse qui irait avec, quand y aurait le temps, ou l'argent, et il monte sur le tabouret ça se fait très vite dans le hurlement il fouille derrière les draps, là où y a le fusil de José qui l'a empêché de vivre il se disait, il se disait ça avant, mais même mort ce mec-là il l'aurait empêché de vivre, c'était même pas la peine de le tuer, ça sert à rien de tuer les autres c'est en soi qu'y a des problèmes et pas dans les autres il le sait, alors il prend le fusil qu'il a toujours entretenu en cachette, et huilé, et remonté en cachette, bichonné en cachette comme un jouet, comme un gosse, la crosse en bois qu'il cirait même en cachette et y a personne qui a le temps de faire quoi que ce soit ils ont vu débouler un dingue qui hurlait ils ont pas eu le temps de seulement comprendre qu'y avait quelqu'un qui déboulait, y a juste Frank qui a quitté les bras de Monique et qui a couru, et maintenant il est à la porte de la chambre et il regarde son père qui tient le fusil en tremblant.

La surprise, toujours, de pénétrer, de s'engouffrer lentement en l'autre, ou de recevoir, de ressentir partout, en tout point de soi, cela qui entre, le sexe qui entre et se glisse. Occupe, suffoque. S'installe et transforme le corps. Le modifie. Le souffle coupé, quelques secondes le souffle coupé, des deux, irradiés en leur centre. L'occupation du corps. Qui fait un corps entier et de l'autre un corps double. La pénétration du corps, juste ce moment-là de la pénétration, la surprise d'accueillir ce qui manque toujours et chaque seconde, ce qui remplit et comble. Ce qui rend entier. L'un, et l'autre. L'autorité du sexe, et douce, forte, qui l'introduit, s'enfonce, s'impose. Il entre. Et tout de l'autre l'accueille, lentement, se moule à sa forme, l'attend. Les corps impatients mais qui prennent le temps, juste ce temps-là fou de la pénétration ce temps-là chaque fois renouvelé et fou, de l'introduction c'est chaque fois la première fois, un sexe qui s'impose dans l'autre c'est chaque fois la première fois, cette folie qui part du sexe et remonte par toute la peau, jusqu'aux cheveux, jusqu'aux ongles ça entre et ça occupe, ça affole la tête, la fait taire. À l'instant de l'introduction. Quand rien d'autre que le sexe qui entre et celui qui reçoit lie les corps et résume. Il reste le centre, cette jonction qui est une stupeur. Un instant, juste cet instant, seule existe cette stupeur. Qui les arrête tous les deux. Qui les modifie. Un instant, des secondes entières là, leurs corps se modifient et se bouleversent. Des secondes entières, quand l'un entre dans l'autre.

Putain on sait pas. On l'a vu débouler l'autre dingue d'abord on l'a entendu qui gueulait, ça venait de la rue et puis ça venait de l'escalier, et puis c'est rentré dans l'appartement la porte était ouverte, et puis c'est rentré dans la chambre là-bas mais quand je dis qu'on l'a vu c'est même pas exact parce qu'on a rien vu, on a juste entendu l'autre dingue, c'était tellement dingue d'entendre ça cette espèce de gueulade d'animal, un truc de fou, qu'on a rien vu, pour être exact on a vu passer quelque chose, une forme qui criait, mais faut dire qu'on avait déjà à s'occuper de la mère qui chialait et qui comprenait rien elle gueulait elle aussi alors qu'y avait pas de raison de gueuler c'est un truc de fou, dès qu'elle a vu le gamin avec nous elle s'est mise à gueuler en posant des questions comme quoi il était mort ou blessé et qu'est-ce qu'il avait fait et qu'est-ce qu'on avait fait mais on pouvait même pas répondre qu'elle avait déjà posé une autre question elle était hystérique la bonne femme, avec son couteau à éplucher les patates dans la main, de toute façon elle était soûle et sa copine ou sa sœur aussi on a bien vu, y avait les bouteilles sur la table et après on se pose pas trop la question de pourquoi ils boivent, les gens, quand on voit comment ils vivent on se demande pas trop, ça c'est sûr, suffit de voir les immeubles et combien ils sont là-dedans avec quoi à bouffer et comment ils sont habillés, y avait aussi la sœur ou la copine qui essayait de dire des trucs et de calmer la situation et y a un fils, un militaire ça se voit tout de suite, il est arrivé et il s'occupait de sa mère, c'était le bordel excusez l'expression mais c'était le bordel y a pas d'autre mot avec la mère qui gueulait mais on sait jamais si c'est du cinéma, et le petit qui disait toujours rien dans les bras de la sœur ou de la copine une vraie dinguerie cette famille alors non on a pas vu l'autre dingue rentrer, on l'a juste entendu arriver comme un fou une espèce de malade, une espèce d'animal, on a rien compris à ce qui se passait j'aurais voulu vous y voir à la fois c'est vachement lent et à la fois c'est vachement vite c'est pas du temps comme les autres ces temps-là.

C'est du temps arrêté. C'est du temps qui a pas de temps, qui s'étire. Du temps où seuls les corps pensent. L'un sur l'autre, l'un dans l'autre. Il entre au plus loin, lentement, jusqu'aux couilles, et bute de son ventre au plus loin jusqu'aux couilles, et reste ainsi longtemps, sans bouger, le temps que le corps accueille le sexe, le reconnaisse. Il est là de tout son poids. Il pèse de tout son poids. L'écrase. Longtemps, il ne bouge pas pour imprimer sa forme. N'embrasse pas. Ne caresse pas. Rien que cette jonction. Et simplement les souffles qui se croisent. Il soulève le buste pour que toute la force du sexe pénètre et s'installe. Longtemps. Il reste en appui sur les mains. L'observe, à cet instant-là, très exactement, l'observe à sa merci, à sa portée, domine. Tout le temps qu'il s'enfonce millimètre par millimètre, il se soulève et pèse simplement du bassin. Du sexe. Domine. Et entre plus loin. À un point qui n'a pas de limite, on dirait. Un moment, ils sentent l'un et l'autre que ça pourrait continuer sans fin, ils le savent, et qu'il ne s'arrêtera pas, qu'il ira jusqu'au bout de lui, dans le sexe ouvert. Et cette sensation les affole l'un et l'autre des secondes entières. Millimètre par millimètre. Seconde après seconde. L'idée que ça peut ne pas s'arrêter, jamais, mais se poursuivre. Des secondes entières, seconde après seconde. Et de tout son poids il retombe, de tout son poids embrasse. Étreint. Caresse. Il est présent partout. Les mains qui agrippent. Les bouches qui s'écrasent. Un moment. C'est les deux corps qui se découvrent en chaque parcelle d'eux-mêmes. Liés. Un moment. Juste liés par le sexe dans le sexe. Qui imprime sa marque. Ou reçoit la marque. C'est égal. Identique. Ils sont liés à cet instant, stupéfaits d'être liés, arrêtés d'être liés. L'un dans l'autre. S'embrassent avec rage. Se caressent voracement. Ne bougent pas les bassins mais autour dansent. Ondulent. Un moment long. Et vérifient la solidité du lien. Juste réunis aux bassins, et liés pour une vie entière on se dit, à ce moment on se dit ça, qu'on peut pas connaître autrement, pas savoir autrement. Liés par les bouches, les langues, aussi. Un moment. Sans bouger. Juste les souffles. La charnière du sexe et les yeux dans les yeux, des regards violents, le regard qui possède et le regard qui accepte et s'étonne, et accepte, la présence de l'autre. La présence inouïe de l'autre, en soi. Quand commence le frottement, la mécanique lente pour affirmer cette présence. Un instant lent, de pilonnage. De va-et-vient. D'installation, en l'autre, et de l'autre en soi. D'affirmation absolue. Les souffles courts. Les sexes se découvrent l'un à l'autre. Un instant lent. Ou se retrouvent. Se façonnent l'un l'autre. Des secondes lentes de mouvement. Puis doucement, l'un se retire. Du fond de l'autre, jusqu'au bord. Puis s'enfonce à nouveau. Pas en entier, ni d'un coup. Pas jusqu'au bout. Créer le manque.

Se retenir, se soulever. Entrer. Et ses jambes écartent encore ses jambes. Ses bras écartent encore ses bras. Les seins contre les seins. La bouche contre la bouche. Tout leur poids mêlé, soudain, en tout espace du corps. Tout son poids qui plaque, à la surface des corps, à l'intérieur aussi. Un instant. Et il recule. Il s'enfonce lentement. Des gémissements. Il recule, et s'enfonce plus loin. À chaque instant il change le rythme rapide, ou lent, il le module. C'est son corps qui le module, c'est son bassin. Leurs bassins. Leurs jambes. Deux au centre, et deux enlacées autour. Ils décident. Les corps décident. Le rythme lent des deux, puis rapide, puis lent. Des deux. Les gémissements. Les souffles courts. Les souffles fous. L'égoïsme absolu de chacun des deux en quête du plaisir, qui ne peut pourtant venir que de l'autre, et de cet autre-là, à ce moment-là. Exactement à ce moment-là. Où les deux dansent ensemble allongés, visitant le lit ou le sol, s'éparpillant et se réunissant, ils occupent tout l'espace. Entre la solitude et la lumière qui monte. Qui chauffe. Les ébouillante peu à peu.

Il est face à son père qui a sorti le fusil, qui est descendu du tabouret rouge, qui tient le fusil, qui est face à l'armoire à glace et qui ne regarde que lui, soudain ou pour la première fois qui ne regarde que lui, avec le fusil entre les mains, dans la glace, se découvre et qui a arrêté de hurler, qui s'observe un instant, voit un homme qui charge le fusil en s'observant un instant, et sans voir le petit dans la glace, sans rien voir que lui, pour la première fois il ne voit que lui, un homme avec un fusil qui est comme une présence chaude et rassurante, qui maintenant le fait ressembler à un homme il se dit, qui ressemble à quelque chose, parce qu'on ressemble à rien sans béquille il comprend, un homme ça vit plus sans béquille, ça peut plus vivre sans béquille dans ce monde, sans la présence de quelqu'un ou d'une béquille et quelqu'un ça n'existe plus il comprend, ça ne va plus avec le temps qu'on vit, quelqu'un, et y a Fred qui arrive derrière le petit mais il voit rien Daniel, que lui dans la glace, et il tire dans le plafond en se regardant dans la glace et il rit, ça fait tomber du plâtre et ça fait du bruit, et ça arrête le bruit des autres ça les stoppe net, leur mouvement, la fumée du canon, la surprise du coup, il regarde la poussière de plâtre qui continue de tomber et le bruit résonne encore, il sourit, il recharge le fusil, lentement, il est calme, et il tire dans le miroir et il est calme, le miroir qui se troue en son centre et s'étoile, il sourit parce qu'il se voit plus qu'étoilé dans le miroir avec un trou dans le ventre, il se voit découpé de lui-même, tant que la glace tient, il est fragmenté, elle tient brisée en son centre ça paraît interminable tout le temps qu'elle tient, avant de glisser, morceau par morceau puis d'un bloc, dans un fracas qui occupe toute la chambre, tout l'immeuble, un moment on entend rien d'autre et Daniel il est face à l'armoire sans glace, trouée, il voit plus rien que le trou dans l'armoire, il entend rien non plus, les cris de Roberta qui a recommencé à crier c'est elle qui brise le silence et même tous les gens en uniforme ils font pas autant de bruit, ils essaient d'entrer dans la chambre mais y a le petit qui bloque parce que y a Fred derrière lui, qui essaie de lui fermer les yeux et ils prennent toute la place dans l'encadrement de la porte avec Roberta qui essaie d'entrer aussi, et Monique, et y a un type aussi qui arrive en sueur il a couru il doit être soûl et à la fois c'est très rapide tout ce qui se passe, et à la fois c'est très lent, c'est pas du temps comme la vie c'est du temps qui se retient, qui se marque même si jamais on le retrace exactement pareil, jamais on peut, retrouver le rythme rapide qui paraît pourtant très lent, et Daniel il continue, il recharge le fusil en souriant face à l'armoire sans glace et personne ose bouger, personne, ils sont tous là bloqués à la porte, y a juste Frank qui a enlevé de ses yeux les mains de son frère, et tous ils regardent, ils regardent Daniel qui sourit, qui se retourne vers eux sans les voir et qui pose la crosse du fusil sur le pouf en moquette rouge, soigneusement, le cale, sans rien dire parce que y a rien à dire y a jamais rien à dire y a qu'à faire les choses, les mots ça sert à rien, et il regarde personne parce qu'il voit personne qu'est-ce qu'on peut voir de quelqu'un hein on voit rien alors il cale le fusil et il se place au-dessus du fusil, bien droit au-dessus du fusil et il embouche le canon, il le place bien au fond de la bouche et il tend la main vers la gâchette, calmement, il l'atteint, il met le pouce dessus, et le canon dans la bouche, personne a le temps de rien dire, personne, ou de faire, de toute façon y a personne, et il tire, ça fait juste une flamme courte et interminable, une flamme qui éclaire sa tête. Et l'explose.

Il hurle, il crie, il gémit, il gigote, et tous les deux ils hurlent, ils crient, ils gémissent et s'éloignent, ils se rejoignent, ils s'éloignent, se rejoignent, et ça luit dans les peaux, sous les peaux, c'est de la chaleur et ça les rend fous au rythme du sexe qui pénètre le sexe et le fouille, ils gémissent, ils se cambrent, les corps se cambrent, obéissent à eux-mêmes, ils appellent, implorent, attendent de l'autre d'être entièrement, pleinement, comme au seuil de mourir c'est une suffocation qui illumine et qui éclaire, les éclaire, une lueur au moment qu'ils jouissent, ensemble, ils jouissent ensemble et meurent ensemble parce que les corps se vident, les vident, renversent, un éclair, un éclat, un éparpillement qui les tue, et à ce moment-là, exact, de l'éparpillement des deux il lui dit, il lui hurle je t'aime, parce qu'à ce moment-là c'est vrai. À ce moment-là, juste à ce moment-là, c'est toujours vrai.

Composition Entrelignes (64)
Achevé d'imprimer
*par la **N**ouvelle **I**mprimerie **L**aballery*
à Clamecy le 20 décembre 2004
Dépôt légal : décembre 2004
Numéro d'imprimeur : 411214

Imprimé en France

132724